目次

おやつが好き

続おやつが好き

おやつ雑文集

おやつが好き　挿絵　羽鳥好美

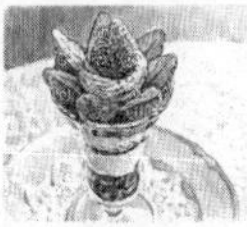
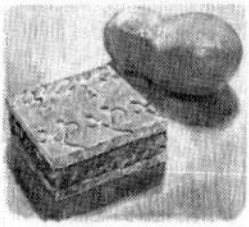
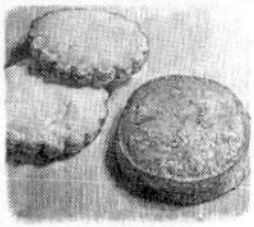
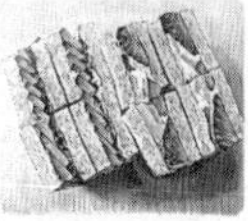
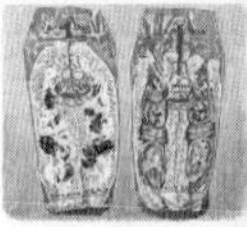
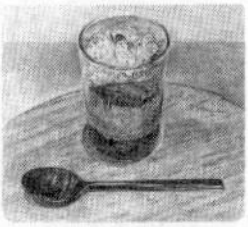
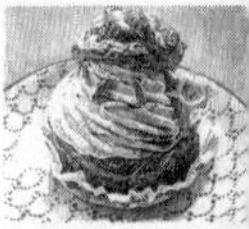

おやつが好き

Apr.2017 ～ Dec.2018

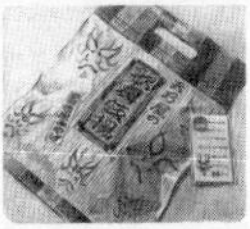
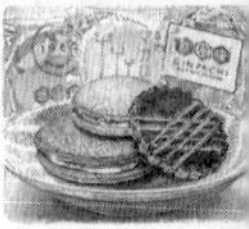
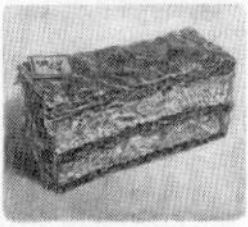
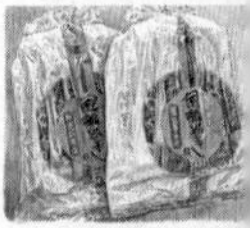
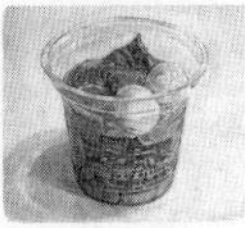
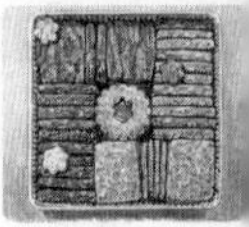
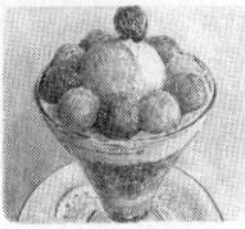
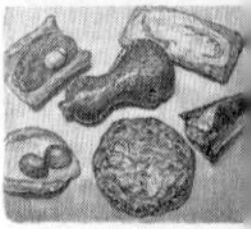
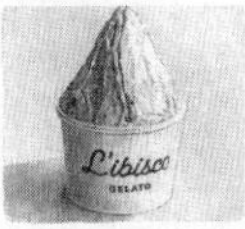
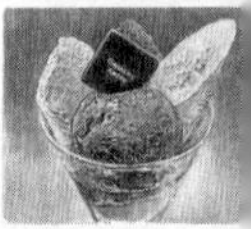
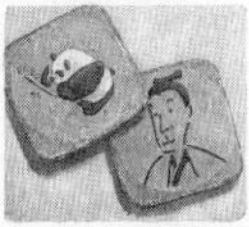

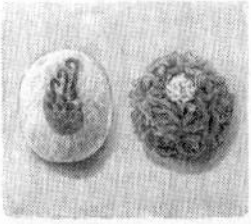
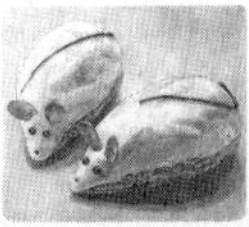
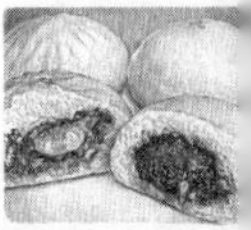

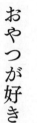

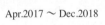

1　資生堂パーラー〝ストロベリーパフェ〟

朝ご飯は口開け。昼ご飯は夜まで生きる糧。そして夜ご飯はきょうも一日頑張ったのしるし。食べることはいつも幸せで、でも中でもいちばんわくわくするのは、やっぱりおやつの時間。

なぜなら、おやつは気楽だから。

味は甘くてもしょっぱくてもいいし、量も自由自在。場所だってどこでもいいし、なんなら歩きながらだっていい。「三度の食事」というくびきから解き放たれた自由な食は、大げさにいうなら人生の娯楽。そしてそれを自分で決めることができるというのは、大人の喜びの一つではないでしょうか。

わけで、私の考える大人のおやつといったら、これはもう断然、ゴージャスなパフェなわけです。なぜなら子どもは大きなパフェを食べるとおなかが一杯になってしまうし、それを逆算して食事をとるのも難しいから。

というわけで、きょうの私は朝食を軽めにとり、いそいそと銀座にやってきた。地下鉄の出口から徒歩数分。レンガ色の壁が見えたらそこが目的地、資生堂パーラー銀座本店です。

磨き抜かれたガラスの扉が開くと、まず目に入るのはダイヤモンドのようなショーケース。そしてその奥には、カラフルな制服に身を包んだ店員さん。つかの間、お菓子屋さんであることを忘れさせるような空間は、資生堂の美意識を感じさせます。定番の花椿ビスケットやチーズケーキを買うのもいいけれど、きょうはそれを横目にエレベーターに向かいます。さらに、いつもなら三階のサロン・ド・カフェで降りるところを、もう一階上がってしまう。「いいのかな」というドキドキ感と、「でももう大人なんだから」と胸を張る気持ち。やがて扉が開き、今度はやわらかな光に満たされたクリーム色の空間が現れました。銀座本店レストランです。

席につきメニューを開くと、かの池波正太郎も食べていたミートクロケットやチキンライスの文字が並んでいます。が、ここはぐっとこらえて新年、冬ならではの『グラタン&シチューフェア』から『帆立貝のコキーユグラタン』を注文。小ぶりのグラタンなので、軽食として（無理やり）おやつの範疇《はんちゅう》として食べることにします。

にしても、懐かしい。まずコキーユといって、ほんとうに貝殻に入っているところがいい。さらにその縁にぐるりと、マッシュポテトが生クリームのように絞り出されているところがまたいい。クリームのひだのところが軽く焦げて、カリカリになっているのをちょっと掬《すく》って、熱々のベシャメルソースにつける。カリカリで、とろとろ。そこに帆立貝の滋味がじわっとくるから、もうたまらない。さらに食べ進めると、中に貝とは違うおいしいものがひそんでいる。取り出してみると、白身魚のボンファム。望外の御馳走に、しみじみと幸せを感じた瞬間です。

身体が温まったところで、いよいよ自分的本日のメイン。『こだわりの〝苺〟フェア』から、『山口県 花の海 イチゴ園産 四星《よつぼし》のストロベリーパフェ』を注文します。ちなみにレストランではハーフサイズが選べるので、コキーユを食べたあとでも余裕です。

「お待たせいたしました」

白いテーブルクロスにことりと置かれた、華奢《きやしゃ》なパフェグラス。完璧《かんぺき》なフォルムの苺を口に運ぶと、甘みと酸味のバランスがとてもいい。そこにバニラを効《き》かせた生クリームが絡まると、口の中がおいしいジュースで満たされます。

「おーいーしーいー!」

と声高らかに叫びたいところですが、心の中だけにしておきます。大人なので。

苺、生クリームとくれば次はアイス。私は少しだけ溶けてとろとろになったアイスを、生クリームと一緒に食べるのが好きです。こってりとした旨味を味わったところで、濃いめのコーヒーをひとくち。脂肪が熱で溶かされて、口中はさらにまろやか、かつさわやかに。

コーヒーの余韻が消えたところで、いよいよ次の苺ゾーンへ突入です。ここでうれしいのは、苺ソースが決してジャムじゃないところ。角切りの苺がコロコロ入って、とろとろだけじゃない、しっかりとした食感があります。つまりそれは、コーンフレークスをはじめとする食感素材を苺自身が担っているということ。角切りでも歯応えを残すのは、素材が新鮮な証拠でもあります。

さらにアイスと苺ゾーンを繰り返すと、そろそろ終わりが見えてきました。もうちょっと食べたい、と思うあたりでなくなるのがまた憎い。でもご安心。レストランではコーヒーや紅茶にはもれなく、資生堂パーラーの焼き菓子がお茶請けとしてついてくるのです。ちょこんと並んだそれを口に放り込むと、一つは甘いクッキー、もう一つはしょっぱいチーズサブレでした。うまいなあ。味もそうだけど、甘いのとしょっぱいのを並べるあたりが、ホントうまい。

再びエレベーターに乗って、一階のショップに降ります。ショーケースの周りの人混みをかわしつつ外に出ると、まだ明るい。歩道にはいろいろな国から来た観光客や、買い物途中のご婦人。上着を着ないで歩いているのは、近くで働いているひとだろうか。ベビーカーに乗った赤ちゃんはにこにこと笑い、歩ける子どもが踊るような足取りでその横を通り抜ける。ああ、いいな。平和だな。自然と、頬《ほお》がゆるむ。

夕暮れの銀座も、夜の銀座もいい。けれど私は、おやつの時間の銀座が一等好きだ。ランチタイムの慌ただしさが落ち着き、明るい光の中を、さまざまな人々がのどかにそぞろ歩く時間。終電や夜の暗がりを気にすることもない、おだやかで、自由で、気楽なひととき。

そんなおやつの時間を、私は愛しているのです。

（注・文中のメニューは二〇一七年一月のものです）

2 空也〝空也双紙と黄味瓢〟

空也《くうや》といえば、あなたはなにを思い浮かべますか。日本史の教科書に出てきたお坊さん？ それとも最中《もなか》の有名な和菓子屋さん？ 私はだんぜん後者です。なぜなら人生で出会う順番として、最中が先だったから。

それはいつのことだったか。

「いただきものの最中があるから、食べていいわよ」

と母親にいわれ、子どもの私はうなずきました。最中は好きでも嫌いでもなく、あったら食べるというレベルの食べもの。特にうれしがりもせず、テーブルの上にある紙箱をぱかんと開けました。その瞬間、思ったのです。

（――これってだれかの手づくり？）

なぜならその最中は、「そのまんま」仕切りもなく箱に入っていたから。個包装されたお菓子に慣れた私にとって、これは異質でした。まるで知り合いのお母さんが「クッキー焼いたわよ」ってくれたときみたい。

不思議に思いながら口に運ぶと、最中の皮が香ばしい。そのくせ案外、上あごにひっつかない。なんだか食べやすい最中だなあと思いながら一つめを食べ終え、なんとなく二つめへ手を伸ばしました。そして三つめをつまんでいるとき、母親にそれを見とがめられたのです。

「ああ、そんなばくばく食べちゃって……」

これは銀座の空也という有名な和菓子屋さんの有名な最中であり、そんな食べ方をするものではないと、母親はいいました。

「でも、おいしかったんだもん」

そう答えた私は数年後、歴史の教科書でその最中のお店の名前と再会します。口から小さな仏様たちが出ていることで有名な『空也上人立像』です。

実際、空也の創業者は空也上人が行っていた踊り念仏を実践する『関東空也衆』という集団の一人だったということで、あの最中の形もその際に叩く瓢簞《ひょうたん》がモチーフなのだそうです。

……なんて偉そうにいっておりますが、実は今までそのルーツを調べたことはありませんでした。今回このエッセイを書くにあたって調べたおかげで、空也にとって瓢簞という モチーフの大切さがわかりました。ちなみに私は、上生菓子の詰め合わせに入っている黄味瓢が大好きです。文字どおり瓢簞の形をしたお菓子は、外の黄味餡と中の白インゲン餡との対比が見事で、ぽくり、とろりという口どけがほんとうにおいしい。

あと、やっぱり作家という仕事柄、空也双紙は特別です。もともと餡がおいしいのがわかっている上に、本のモチーフときては、好きにならずにいられません。どら焼きとワッフルの中間のような優しい生地に、粒の感じられる餡。ふわりもくもくとした食べごたえは、もう絶対に夕方の味方。疲れておなかが空いて、でも晩ごはんにはまだ時間があるというときにこれを出されたら、私はその人を好きになってしまうでしょう。あるいは朝ごはんがわりにミルクティーとともに供されたら、もう一緒に暮らしたい。

作家といえば、空也は歴史のあるお店だけあって、さまざまな文学作品に登場します。中でも有名なのは夏目漱石の『吾輩は猫である』における、苦沙弥《くしゃみ》先生宅で出される空也餅ではないでしょうか。

このお菓子は基本的に十一月と、一月中旬から二月中旬までの期間限定品です。なのでこれまで食べたことがなかったのですが、先日初めて口にして驚きました。餡の印象が、まるきり違うのです。まず色。最中がつややかな漆黒なのにくらべ、こちらはパステルトーンの薄紫。次に口当たり。小豆の皮は入っているものの粒の見えない餡は最中よりもさらりとしていて、御膳汁粉《ごぜんじるこ》のようななめらかさがあります。

そして餅。これがもう、ほんとうに柔らかくてふわふわとした感触で素敵です。お米の形も残してあるので、つぶつぶ感も楽しめます。さらにサイズも小ぶりで、子どもの私でなくても二つ三つは余裕でいけます。

そしてなぜか不思議なことに、私は空也餅を食べると〝春〟を感じます。餡のやさしいすみれ色や、春の暖まった土を思わせる、米粒が残りつつもふわふわとした餅。そういったものが来たるべき季節を連想させるのでしょうか。冬のお菓子なのに。

ところで手前味噌で恐縮ですが、空也に関して子どものころの私は正しかったな、と思ったことがひとつあります。それは空也のお菓子を「手づくりっぽい」と感じたことです。なぜなら、こちらのお菓子はほんとうに手づくりだから。

お店を見ればわかるのですが、空也の商売はとにかくシンプルです。その日につくったものを、その日のうちに売り切る。保存料を使っていないお菓子は生もので、だからこそ食べ切る前提で個包装もせず、余計な飾りも入れない。そしていつも売り切れなのは、人の手でつくる数に限界があるから。空也のお菓子には、いまどき珍しいほどに工場が介在しないのです。

包装についてもう一つ。最中がそのまま入っているのはともかく、空也は上生菓子も『そのまま』紙の箱に入れてくれます。私はそれがうれしくて、家でしばらくその景色を眺めたりします。近年はやりの四角いプラスチックケースが、あまり好きではないからです。あれはお菓子を運ぶときに保護するケースとしては完璧ですが、お菓子をおいしく見せるという点において劣っています。さらにプラスチックは呼吸しないので、お菓子の湿度管理がうまくできません。そんな中、空也の上生菓子は紙箱の中で静かに呼吸をしています。

なので空也のお菓子を持っている日は、自然と早足になります。

「すぐに食べるからね」

だれにいうでもなくつぶやく私は、まるで踊りながら念仏を唱える一人の僧侶です。けれどそのすべては、御仏ではなく御菓子のために。

3 ウエスト

いちばん好きなお菓子はなんですか?

いきなりそう聞かれて、あなたは即答できるでしょうか。私は無理でした。だってお菓子といっても種類はいろいろ。乾きものにゼリーにチョコレート。そもそも和菓子と洋菓子という大前提だってあるし、それぞれの部門に一位がいるわけで、たった一つ「これだ」なんてものはあり得ないわけです。

でもそのときはエッセイの依頼で、内容的に回答が必要でした。そこで悩んだ末、私はエッセイにこんなタイトルをつけたのです。

『甘い系乾きもの菓子頂上決戦』

……苦しまぎれすぎ。かつ、条件絞りすぎです。でもそうでもしないとお菓子を選ぶことなんてできなかったのです。ちなみにそのとき和の横綱は両口屋是清《これきよ》の二人静《ににんしずか》。そして洋の横綱が銀座ウエストのドライケーキでした。

ドライケーキ。あぁドライケーキ。初めて名前を聞いたときには「乾いたケーキって、乾パンや保存食みたいなもの？」という失礼極まりない印象しか抱いていなかったドライケーキ。今となっては、人生が終わる瞬間にまで食べ続けたいお菓子として、私の中で燦然《さんぜん》と輝いています。

そもそも長い間、私はウエストのことを誤解していました。というのも家にある薄桃色の缶には、常にリーフパイしか入っていなかったから。さらにそのパイは、おいしいけれどもとてもシンプルだったため、子どもの私には少し退屈に感じられました。そうして導きだされた結論。

「ウエストというのはリーフパイの専門店で、しかも老舗《しにせ》らしく地味」

ひどいでしょう。でも当時の私はほんとうに馬鹿で、同じことを六花亭やヨックモックに対しても感じていました。あ、前回のお話で取り上げさせていただいた空也に関してもです。

贈答品で、小さい子どものいる家だからリーフパイ。これがものすごく妥当な選択だということは、大人になってから知りました。ていうか、今なら私もリーフパイを贈ります。だって成分が簡潔で、安心できるから（ちなみにサイトには、一枚あたりのカロリーをはじめとする成分表示まであります）。

安心といえば、ウェブサイトのトップページにある一文「人工の香料、色素等をできるかぎり使用せず、材料本来の風味を生かすべく」というのもそうですね。ただこれ、食べればすぐにわかるんですよ。だってウエストのお菓子は、ほんとうに余計な匂いがしないんです。バターの優しい香りをベースに、齧《かじ》ればナッツやココアなどのフレーバーがほのかに漂う。それは喫茶室で味わえるものも同じで、いちばん顕著なメニューはクリームソーダではないかと思っています。

あのクリームソーダを初めて見たときは、ほんとうに驚きました。透明なんですよ。しかもソーダが甘くない。クリームソーダといえば緑色で甘いメロン味、という思い込みがひっくり返りました。でもよく考えてみれば、クリームソーダが緑色である必然性はあるのでしょうか。見た目の可愛さ、ポップな雰囲気というのは理由の一つかもしれません。けれど、こと「味」と「安心」をいちばん上に持ってきた場合、それは正解ではないとわかります。アイスの甘さが溶け出したソーダを自分好みの味に調整できるのはうれしいし、飲んだあとに舌が緑色に染まらないのもうれしい。世間一般で「当たり前」だと思われていたことを考え直してみる勇気と誠実さ。それもまた、ウエストの魅力の一つだと思います。

あと、喫茶で大好きなのはサンドイッチにレモンがついてくること。しかもレモン絞り器に入っていること。ああもう、好きすぎてうまくいえないのですが、ハムサンドにレモンがおいしいです。普段はコーヒー党の私も、このときばかりは紅茶にします。ハム、レモン、紅茶の三位一体はすばらしいですね。それからウエストといえば創業時より続くお客様からの投稿コーナーである『風の詩』を忘れてはいけません。喫茶店と文学という、最高のマリアージュ。もう、好きにならないほうが難しい。

閑話休題《かんわきゅうだい》。ドライケーキの由来を調べたところ、もともとレストランだったウエストが、西銀座地下駐車場の工事の際売り上げが落ちたため、料亭などに売りにいけるようつくられたものだということがわかりました。なるほど、デザート感を失わないように考えられた名前だったのですね。

ともあれ、ドライケーキはおいしい。私がそれを食べたのは、大人になり贈答品を自分で買いに行くようになったのがきっかけでした。まだ若く、だれになにを贈ったらいいのかわからないとき「とりあえずリーフパイなら」という気持ちで向かったデパートの中のウエスト。そこで箱のサイズを決めてからふと顔を上げると、そこにはさまざまなクッキーが並んでいました。

「ああ、ドライケーキってこれだったのか」

あまり深く考えず、おなかが空いていたので数枚購入しました。そして家に帰り、口にした瞬間の衝撃たるや。

まず感じたのは、食感です。サクサクのホロホロ。口の中でかしゅっとほどけて、やさしく広がるのです。こんなにきめの細かい、パウダーのような小麦粉を私は初めて食べました。なのに手元で崩れない。さらにちゃんとバターの香りがするのに、指がべたつかない。甘いけれど甘すぎなくて、遠くにひとつまみの塩を感じる。だから食べ飽きない。いくらでも食べられてしまう。そしてきめ細かい粉だからこそ、喉《のど》につかえない。唾液も持っていかない。ドライケーキは、奇跡のアンビバレントスイーツといってもいいでしょう。

そうしてドライケーキに惚れ込んだ私は、ウエストの店舗を見かけるたびに一種類ずつ食べてゆくことにしました。すべてが期待を裏切らないおいしさで、さらに感動。中でもマカダミアンと二枚入りのバタークッキーが大好きです。ああもう、書いていたら食べたくなってきました。ちょっと近くのデパートに行ってくることにします。

それではまた！

4　銀座千疋屋

春が初夏になる前、ちょっとフライングすることがあります。「ん？　夏かな？」みたいな気温がぱっとやってきて、でも「間違いでした！」って去っていくやつ。そういうときはまだ湿度も低く、どこかからっとした暑さで、ちょっとヨーロッパの夏を思い出します。

そんなとき、食べたくなるのはフルーツサンド。ケーキよりは冷たくて、アイスやパフェよりは冷たくない。その温度感は、春から初夏へと向かう今がぴったりだと個人的に思っているのです。もしすべての食べものが季語に分類されるとするなら、フルーツサンドは明らかに『初夏手前』。ちなみにチョコレートは『秋冬』でパフェは

『ゴールデンウィーク』という感じですかね。

そしてフルーツサンドといえば千疋屋。中でも青い掛け紙のかわいい銀座千疋屋が有名ですね。秋冬を跨《また》いで久しく食べていなかったのですが、気温の上昇とともにリニューアルされたとの噂も聞き、行ってみることにしました。

ところでフルーツサンドって、食べるタイミングが難しくありませんか。お昼ごんと考えるとデザートっぽいし、デザートにするにはボリュームがあり過ぎる。朝ごはんだとお店が開いていないし、昼にコールドディッシュのみはつらい。じゃあ夜かと思えば、売り切れていたりもするわけで。

理想をいえば、フルーツサンドはおやつの時間にだれかと分け合い、おしゃべりをしながらつまみたい。けれど大人にそういう機会はなかなか訪れません。ふらふらした作家ならまだしも、きちんとした大人はみな、おやつの時間は働いているわけです。いきおい、一人で一皿に向き合わざるを得ない。だとしたらどの時間に食べるべきか。

そこで私は一つの答を得ました。ブランチです。朝よりは遅く、昼には早い。これはフルーツサンドが季語である「春は過ぎたけど、夏には早い」季節とぴったり符合しますし、なにより暇な自由業だからこその時間でもあるわけです。ふふふ。

数ヵ月ぶりの銀座は、GINZA SIX開業の影響か平日にもかかわらず混み合っていました。けれど銀座千疋屋に入り、パーラーへ続く階段を上ると、喧噪《けんそう》は遠ざかってゆきます。リニューアルされた店内はおだやかで清潔なトーン。床面積は以前と同じなのですが、そこはかとなく広く感じます。メニューを開くと、そこにもリニューアル記念の文字。季節のフルーツポンチだそうです。頼みたくなる気持ちをぐっとこらえて、フルーツサンドに目をやります。

まず悩むのが、〝ハーフ&ハーフ〟の選択。そう、銀座千疋屋では甘いフルーツサンドだけでなく、塩気のあるサンドイッチをペアで頼むことができるのです。ハム、ベジタブル、アボカド。どれもおいしそうですが、ここはアボカドで。理由は、アボカドもフルーツだから。と同時に、ウエートレスさんに「お持ち帰り」の注文もしておきます。こちらは自分用ではなくておみやげ用なので、全部フルーツサンドで。

飲みものはアボカドがこってりだからコーヒー一択、と思っていたら『季節のフレーバーティー』の文字が目に入ります。気になってたずねたところ、なんとジンジャーティーのはちみつ添えとのこと。まだふっと寒くなるこの季節にぴったりで、少し喉が痛かった私はこちらを頼みました。

ほどなくして、目の前にお皿が置かれます。どっちから行こうかな。わくわくした気持ちを鎮めるために、紅茶にはちみつを入れます。ひとくち。とろりとした甘さのあとに、鼻へ抜けるさわやかな生姜《しょうが》の香り。それを残しながらつまむなら、やっぱりフルーツ。イチゴの断面も美しいそれを口に運ぶと、意外にもさくさくとした食感が。よく見ると、リンゴのスライスが生クリームの白に埋もれてたっぷり入っています。黄色いのは黄桃かな。イチゴの酸味、リンゴの食感、黄桃の甘さ。それらをまとめ上げるのは、ほどよく硬めの生クリーム。さらに外側のパンはふかふかで適度な塩気があって、中の甘みを引き立てています。

「これだよこれ！」

夢の中で想像していたものが、そのまま現実に出てきたような理想のフルーツサンド。なんていうか、裏切られない。裏切らない。たとえば銀座が銀座であることや、大人が大人であること。裏切ってほしくないものに「大丈夫だよ」といってもらえたような安心感があります。

それは子どものころに信じていた世界。大人は常に子どもにやさしく、お店の人はいつも笑っている。ものの味はまっすぐで身体によく、いつもつくり立てが供される。未来を目指しながら置いてきぼりにしてきたものをすくいあげるようなやさしさに、ふと切なくなりました。ああ、白いふかふかパンのお布団で泣きたい。

甘い追憶に浸りながら、次はアボカドサンドをぱくり。ねっとりとろりを想像していたら、今度はレタスの千切りがリズムを奏でます。マヨネーズは控えめで、あっさりした味わい。だからアボカドがたっぷり入っていても、ぺろりと食べられてしまいます。とろりさくさく。銀座千疋屋のサンドイッチは甘くてもしょっぱくても、食感が愉しいのですね。さらに、添えられたフルーツもうれしい。グレープフルーツやオレンジなど柑橘《かんきつ》系が多いのは、口直しにぴったりです。

余談ですが、私の考える「善いサンドイッチ」の条件として、嚙んでも中身が飛び出しにくいというものがあります。銀座千疋屋のサンドイッチはまさにそれで、パンと生クリームの硬さが美しく釣り合っていました。

さて、食べ終えたら席を立つこととしましょう。持ち帰り用の箱を受け取って、善き未来へと一歩を踏み出すのです。なんてね。

5 メルヘン

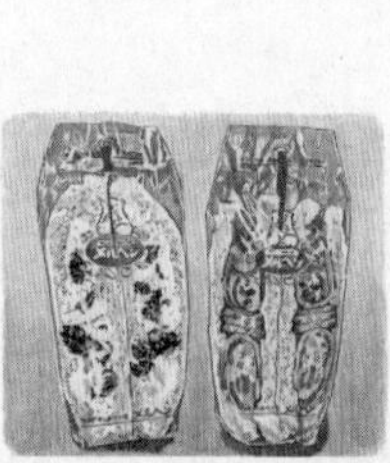

前回、フルーツサンドのことを書いていてふと思い出しました。

「ああ、メルヘンのやつも、食べたいなあ」

知っている方には今さらでしょうが、知らない方のために説明しますと、メルヘンというのはサンドイッチの専門店です。それもただのサンドイッチではなく、店内調理が基本で〝その場でつくり立て〟のおいしいやつ。

メルヘンが好きです。あえて口に出したことはないけれど、それはもう自分の中で当たり前になっていたからというくらい好きです。だってメルヘンはおいしいし安心だし、嫌いな人なんていないはず。給食におけるカレーのように、出たら無条件でうれしい。そういう大前提のようなものだと思っていたのです。

でもそれが間違いだと知ったのは、友達に「え？　メルヘンって童話の？」と聞き返されたときです。そこでパンフレットを見て気づいたのは、お店が八王子発祥で、ほぼ関東に寄っていること。そして次に、大きなターミナル駅を中心に展開されていること。ちなみに関東以外では名古屋、京都に出店しており、こちらも大きな駅の近くです。

なんとなく、いつでもどこでもあるように感じていたメルヘン。けれどそれは私の生活圏内の、しかもピンポイントにしか存在しなかったことを知ったときは軽く衝撃を受けました。だってメルヘンはサンドイッチにおける「安心」の象徴だったのですから。

安心と繰り返すのには理由があって、まず素材、調理といった基本的な部分は店内調理であることがクリアしています。値段も高すぎず適正価格でクリア。そしていちばんのポイントである味に関しては、もう完璧においしいです。自社サイトにも書かれている「日本人好み」という味つけはおそらく、マヨネーズ控えめで生クリームも濃すぎない、素材メインのあっさりとした食べ口のことなのだろうと思います。とはいえ案外腹持ちもよく、サンドイッチならではのモバイル性も当然あり、もう非の打ち所がないとしかいえません。あ、あと「噛んではみ出さない」というところも。

さらに私的にすごくポイントが高い部分。それはメルヘンがいつでも「ごはんサンドとデザートサンドをほぼ同比率で置いている」ということです。これ、ほんとうにありがたいんですよ。たとえば新幹線に乗る前、メルヘンに寄ってまずごはん系の「チーズチキン大葉巻き」を選びます。これ、チーズと大葉を巻いたチキンカツのサンドと、タマゴサンドが一つずつ入っていて好きなんです。カツは時間が経ってもずっとカリッとしてるし、タマゴは普通のマヨネーズ和《あ》えと違ってすごくふわっふわ。これだけでもかなり満足なのですが、やはりなにかもうちょっとほしい。そこで「デザート」という選択肢があるのが、メルヘンのすばらしいところです。そういえばフルーツサンド、ちょっと流行ってますよね。でも多くのお店が「フルーツ」という一種類だけしかない中、メルヘンは複数！　どんなに少なくても、常時五種類は取り揃えています。季節で変動する内容は数えきれず、さらに各店舗で違うメニューを出していたりするので、もう把握しきれないほどです。

二〇一七年の六月前半にエキュート品川サウス店と松屋銀座店（現在は閉店）で確認できたデザート系サンドをざっと並べてみると、ベーシックな「フルーツ」に「フルーツスペシャル」、懐かし系で「みかんパイン生クリーム」なんていうのもありました。さらにみんな大好き「いちご生クリーム」に「おぐら生クリーム」、子どもも安心の「ショコラバナナ」。「甘夏生クリーム」と「マンゴー生クリーム」は夏の味です。季節もののメロン系で最高なのは「赤肉メロンとマスクメロンのペアサンド」。噛んだ瞬間に口の中にじゅわっとジュースが広がります。大人っぽいこってり系では「果実入りのチェリー生クリーム」に、「クリームチーズベリー生クリーム」。コーヒーと一緒に食べると、新幹線の席がカフェに早変わりです。

さらにさらにメルヘンがすごいのは、断面の美しさに早くから注目していたこと。「ハムポテト」のビジュアルはぜひ一度実物を見ていただきたいくらいすばらしいし、「シャインマスカット」の美しさは何度見ても飽きません。あと特筆すべきは「にんじん」。人参の細切りだけがはさまったサンドイッチは、決して「キャロットラペ」ではなく、「にんじん」。オレンジ一色のきっぱりとした断面は、食べる前から健康になったような気がします。味も酸っぱすぎず甘すぎず、油っぽすぎず絶妙。パンも歯切れがよくて、ホントおいしいです。

ごはん系にもちょっと触れておくと、「パストラミビーフ」はビールの友だし、「豚のショウガ焼き」はこれぞ日本という感じ。「チーズ入りキーマカレーの包み揚げ」なんて、絶対おいしいに決まってます。カツ系は「三元豚」や「エビカツ」「チーズチキン」があるし、肉だけなら「バジルのスモークチキン」や「大葉入りてりやきチキン」。サーモン系も「クリームチーズとスモークサーモン」に、「スペシャルサーモン」と充実。あ、大阪の大丸には「塩こんぶアボカド」というのがあるらしく、すごく気になっています（しかし現在は閉店。食べたかった！）。

メニューの羅列だけで原稿用紙が埋まってしまいそうなメルヘンのラインナップ。中でもいちばんお気に入りなのは、「りんごの赤ワイン生クリーム」と「ラムレーズン生クリーム」です。やさしい生クリームの中に、ざしゅっとした歯ごたえのりんご。レーズンはたっぷりとシロップを含んでぷちんと弾けます。そして仄《ほの》かではあっても、確実に感じるワインとラム。アルコールをとばしすぎずに残すあたり、わかってるなという気がします。

これだけおいしくて選択肢があって、お財布にもやさしい。だから悩んだらメルヘン。悩まなくても、サンドイッチな時点でメルヘン。これが私の、安定の法則なのです。

6 銀座はちみつメニュー・前編

私は以前、小説の中に養蜂家を登場させたことがあります。それは転地養蜂というスタイルにロマンを感じたからです。

もともと養蜂にはいくつかの種類があって、決まった場所に巣箱を置く定置タイプ、農家と契約してそこへ巣箱を持ってゆく出張タイプ、そして花を追いかけて蜂とともに旅をする転地タイプなどがあります。さらに転地の中でも一つの山を上下に移動するタイプ（高いところは寒いので、開花が遅いのです）と、花の開花にそって平面を北上移動してゆく二つに分かれており、私は後者に心惹かれました。キャラバンのように花を追う暮らし。九州から北海道まで、蜂とともに旅するなんて、ちょっと憧れてしまいます。

というわけで養蜂について調べたり取材していた中で出合ったのが、〝銀座ミツバチプロジェクト〟です。これは食に関わりのある方々によって結成されたNPO法人のプロジェクトで、二〇〇六年から紙パルプ会館の屋上に巣箱を置き、養蜂を行っているというものです。これは定置で都市を蜜源にしている珍しいスタイルですが、先駆者としてパリのオペラ座が屋上で養蜂を営んでおり、『オペラ座のはちみつ』が発売されています。

「でも東京ではちみつなんて採れるの？　それに銀座だけじゃ花が足りなくない？」

そう思われる方にまずお伝えしたいのは「ミツバチは四キロ四方を飛ぶことができる」ということ。つまりミツバチたちは、銀座を起点にした半径二キロ圏内にある皇居や浜離宮など、植生の豊富な場所を蜜源とすることができるのです。

そうして集められたはちみつは現在、銀座のさまざまなお店で使われており、味わうことができます。その種類は豊富で、生菓子に焼き菓子、飲み物にお漬物と選ぶのに困ってしまうほど。なので今回は『銀座はちみつメニュー・前編』として生菓子を取り上げたいと思います。

まずは見た目がかわいくて、ずっと食べたいと思っていたシェ・シーマの『銀座はちみつシュー』。シュー皮の上には生クリームがたっぷりこんもり。そのクリームに、蜂の巣を模したホワイトチョコレートがちょこんと刺さっています。二枚のアーモンドスライスは、ミツバチの羽でしょうか。上に載せられたシュー皮で、生クリームをたっぷりとすくいとってひと口。ん？　甘さが淡い。と思ったら、喉を滑り落ちるころにほわりとはちみつの香りが立ってきます。これはきっと、砂糖を使わないくらいの比率ではちみつが入っているに違いない。甘さが控えめなので、たっぷり食べても飽きません。

さらに食べ進めると、はちみつのジュレが出てきます。これが透明できらきらしていて、すごく綺麗。底にはバニラビーンズの効いたカスタードクリームが敷かれ、ふわっと淡い生クリームにコクをプラスしています。シュー皮はきちんとバターが香り、「誠実な味」という印象を受けました。おしゃれで綺麗なのに尖《とが》っていない、しごく真っすぐで素直な味。つくり手が自分のおいしさを押しつけてこない、やさしいお菓子だと思いました。

やさしいといえば、はちみつは身体にやさしい食材です。殺菌力が強いから喉にいいのはもちろんのこと、低糖質が流行中の昨今、砂糖と比べて血糖値の上昇がゆるやかなのも魅力的。はちみつスイーツは、食べ過ぎなければ健康的なおやつなのです。

といっておきながら、私は思いっきり食べ過ぎました。というのも次にご紹介するコートヤード・マリオット銀座東武ホテルの『銀座のはちみつロールケーキ』はお持ち帰りだとホール、つまり一本でしか販売されていないのです。とはいえラウンジで食べれば、きちんと一人前がカットされて出てきます。でも私はこれ、一本で欲しかったんですよ。というのも、写真で見たロールケーキの色が変わっていたから。ロールケーキの表面というのは通常、スポンジケーキの気泡のある面が出ていますよね。それは底の焼き色を隠すためだと思うのですが、この『銀座のはちみつロールケーキ』は表面に気泡がないばかりか、しっかりと焼き色がついているのです。それはまるでよく焼けたどら焼きかパンケーキといった感じ。

家に持ち帰ってナイフを入れると、ふかふかの触感が伝わってきます。そして断面は、茶色の縁取りのある鮮やかな黄色の生地の中に、純白の生クリームがこちらもたっぷり。フォークで口に運ぶと、まず鼻先に香ばしいかおりが漂ってきます。しっかり焼かれた生地からは、チーズのようなコクとはちみつの控えめな甘さが感じられます。そして気づいたのは、ケーキ生地にはちみつを入れると焦げやすくなって表面が色づき、結果的にカステラやどら焼きに近づくということです。「焼き色」が「焦げ」になる直前のおいしさを引き出すあたりがプロの技、という感じですね。

ちなみにはちみつには保水力もあるので、生地はしっとりふわふわ。暑い時期でも、もそもそせず食べやすいところも素敵です。しっかり焼いた外側の茶色と中の綺麗な黄色のコントラストは、まるで絵本に出てくるような色合い。それを一本まるごと目の前にする幸せ。そして生クリームはシエ・シーマと同じで、一〇〇パーセントはちみつで甘さを出しています。淡く控えめな甘さの生クリームは、こっくりとした焼き味の生地と合わさって完璧なマリアージュを奏でます。ああおいしい。

口にしただれもが、子どものような笑顔を浮かべるであろうはちみつスイーツ。これを私は、二日にわたって堪能しました。しかしかなりの量の生クリームを摂取したはずなのに、胸焼けなど一切なし。これははちみつのおかげか、それともパティシエの方の腕なのか。

次回後編は、さくさくおいしい焼き菓子を取り上げますので、どうぞお楽しみに。

7 銀座はちみつメニュー・後編

前回、銀座はちみつを使った生菓子について書かせていただきましたが、今回は『銀座はちみつメニュー・後編』として焼き菓子編をお送りします。

焼き菓子、いいですよね。お茶のときにクッキー一枚あるのとないのとでは大違い。秋冬だったらざくざくの粉っぽいものや、もくもく喉が詰まるものをお茶と一緒に食べたいのですが、これを書いている今はまだ夏。であれば薄くてデリケートな食感のものや、クリームをサンドしたものが食べやすい。というわけで最初に選んだのはタント・マリーの『銀座はちみつガレット』です。

まず見て思うのは、焼き色が濃いこと。これはやはり前回書いた、はちみつを入れた焼き菓子の特徴です。そしてとても薄い。嚙むとカリカリのサクサク。さわやかな食感です。甘さは控えめで、でも食べ終わったときには満足感があります。ちなみにこういうきちんとした焼き菓子は本来、温めたり、温かい飲み物と楽しむのが向いています。それは冷えるとバターの油脂が口の中に残るから。でもこのガレットは薄さと香ばしさでそれをカバーしているので、冷たい飲み物でもだいじょうぶ。たとえばアイスのシナモンティーやアールグレイ、あるいはアメリカーナのアイスコーヒーとよく合いますよ。

次に選んだのはキャンティの『銀座はちみつチェリージア』。こちらはサブレでドライチェリー入りのバタークリームをはさんだお菓子ですが、封を開けた瞬間、どこか懐かしい香りがしました。なんだろうと思いながら記憶をたどると、わかりました。これは小さいころ近所にあった、町の洋菓子屋さんの匂いです。

昭和の時代、洋菓子屋さんはよくこんなふうに生地やクリームに香りをつけていました。このチェリージアに使われているのは、おそらくバニラと洋酒なのですが、それにバタークリームとはちみつが合わさることで、すごくあのころを思い出させる味になっています。ああ、またひとつ記憶の扉が開きました。懐かしいのはチェリーです。昭和の時代、バタークリームとドレンチェリーが使われたお菓子をよく目にしました。つまりこのチェリージアは、昭和的鉄板の組み合わせでできているのです。おいしくないわけがありません。

とはいえただ懐かしいだけではなく、味は昔よりずっとおいしくアップデートされていました。サブレの食感はさっくりあっさり。間にはさまれたバタークリームも、口の中で心地よく溶けてはちみつの風味が広がります。そしてそこに砂糖漬けではなく、自然な甘みを生かしたチェリーの甘酸っぱさが加わることで、後味がさわやかに。ひまわり油が使われているのも、冷やして食べるときの油脂対策でしょう。素朴な印象とは裏腹に、とても考え抜かれたお菓子です。

そして最後は夏の大本命。西洋銀座の『銀座はちみつマカロン』です。こちらのマカロンはまず、見た目が特徴的。普通マカロンといえば、ぷっくりと膨らんだかわいらしいフォルムを思い出します。けれど西洋銀座のマカロンは、ラングドシャのように薄い。なのにちゃんとマカロンらしく「さく、しゃりっ」とした嚙みごたえが残されています。これ、すごい技術ですよね。そして今までのはちみつスイーツと一線を画す、ガツンとした甘さ。そうそう、実ははちみつって案外暴力的な甘さを持ってるんだよね、と思い出させてくれます。瓶からスプーンですくって舐めたときの、喉にけほっとくる感じ。あれこそがはちみつの本質なんじゃないかと。

容赦のない砂糖と、それに負けないはちみつの濃い風味。なのでこのマカロンは、薄くても満足感がすごいのです。すごいといえば、中のクリームもすごいです。はちみつの香りがぐわっと立ったバタークリームには、オレンジのコンフィが入っています。こってりとろりのクリームに、さわやかな柑橘。でもって外側はさく、しゃりの嚙みごたえ。いやもう、ほんとうにおいしい。あとこのマカロンは、パッケージもとてもかわいいんです。銀座のガス灯をイメージしたレトロなイラストが、はちみつ色のマカロンに淡く重なってとても綺麗なので、機会があったら見てみてください。

ちなみにこの三品は、すべて松屋銀座店の地下一階で購入することができます。というのも、松屋銀座さん自体が〝銀座ミツバチプロジェクト〟に参加されているからです。さらに『銀座はちみつマカロン』に至っては、松屋銀座店限定の商品。レアでおいしいお菓子を一ヵ所で手に入れられるのは、ほんとうにありがたいです。

ところで今さらですが、私ははちみつが好きです。いえ、信じているといってもいい。私がここまではちみつを好きになったのには理由があって、そのきっかけは小説の取材でお邪魔させてもらった養蜂場です。

巣箱がいくつも置かれ、蜂がわんわんと飛び回る場所に、私は普通の服のまま案内されました。そこで養蜂家さんはいったのです。

「もし怖くなければ、そのままどうぞ。ゆっくり歩けば、ミツバチは向こうから避けてくれます」

少し緊張しながら、私は巣箱の置かれた広場に一歩を踏み出しました。すると即座にわわん、ともぶん、ともつかない音に全身を包まれます。でも不思議と、怖くなかった。むしろ無数の命に包まれているようで、安心したのです。

耳元を、鼻先を、蜂が鮮やかな飛行でかすめてゆきます。彼らが集め、つくり出す蜜を分けてもらっているのだ。そう感じたときから、私ははちみつが大好きになりました。

スプーン一杯の黄金。それを口にするとき、私はいつもあのむせかえるような羽音を思い出します。

願わくは銀座のどこかで、いつか彼らとすれ違えますように。

8 熊本県のお菓子〝風雅巻き〟

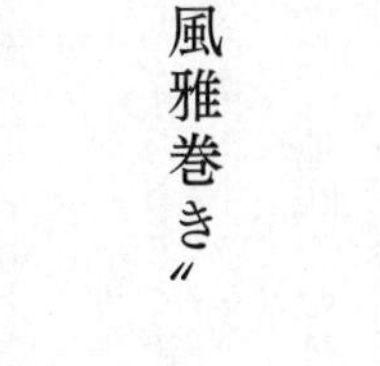

最近気づいたのですが、自分の中には「顔見知りのお菓子」というジャンルがあります。それはおいしくて有名でありながらも、どこか地味で、かつどこで売っているのかすぐにはわからないけど、あえて調べるほどでもない存在。顔を知ってはいるけど友だちってほどじゃなくて、なんかすれ違うと「ああ」って思う感じ。

そいつは気づくとテーブルの上の菓子入れに入っていたり、どこかのお宅で目の前に出されたりします。「ああ、また会った」と思いながら食べると、やっぱりちゃんとおいしくて安心する。私にとってのそれは「おばあちゃんちにある和風ゼリー」こと『みすゞ飴』であり（ぶどう味が好きです）、「こってりしていておいしい銀色シリ

ーズ」こと六花亭の『マルセイバターサンド』であったりします（ちなみにベルンの『ミルフィユ』もここに含まれます）。

そしてこの「顔見知りのお菓子」は、意外な問題点も孕《はら》んでいます。それは、いざ食べたくなったときに探せないということ。

「あー、あれ食べたい。ほらよく人からもらうあれ。甘いラスク。すっごく有名でさ」

「なんか限定品？　それとも高いやつ？」

「ううん違う。わりとよく売ってて、値段も普通。でもスーパーやコンビニにはないやつ。ほら、あのフランスっぽい色の袋の！」

……これだけのヒントで、わかりますか。正解は、ガトーフェスタ　ハラダの『グーテ・デ・ロワ』です。ほらほら、デパートの催事でよく見るあのお菓子。おいしいですよね。

そんな「顔見知り」の中から近年、私の中で「親友」に昇格したお菓子があります。それは風雅の『風雅巻き』。

ぱっと見はおかきの品川巻きに似た、地味なお菓子です。でも海苔の中はおかきではなく、豆。衣をつけられたかわいらしい豆が、行儀よく一列に並んでスティック状に海苔で巻かれています。海苔と豆。それだけの、シンプルな構成です。だから子どものころは、その魅力に気がつくことができなかった。けれど大人になった今、風雅巻きのおいしいこと。なのでだれかに出してもらうチャンスを待つのではなく、ことあるごとに自分で購入しています。場所は、デパートの銘菓コーナー。ちなみにこの「銘菓コーナー」を知ったおかげで、「顔見知り」たちとの距離がぐっと縮まりました。あれは、素敵な場所ですねえ。

さて、風雅巻きを一本出して鼻先に近づけます。すると、ふわんと漂う海苔の香り。躊躇なく口に入れると、ちょうどひと口ぶんで海苔がぱりんと音をたてて割れます。中に入っている豆が、目盛りの役割をしてくれているのです。そうして口の中に適量の海苔と豆が入ります。ちなみに今回は、私のいちばん好きな醬油《しょうゆ》カシューナッツ。薄い寒梅粉の衣で包まれたカシューナッツに醬油の味がついていて、まあこれが香ばしい。かりぽり食べていくと、海苔の香りと相まってもう、香りのカーニバルです。さらにすごいのは、海苔、醬油とおにぎり的な郷愁を誘う部分で攻めてからの、突然の油脂。カシューナッツという、うまい油脂の塊です。あっさりとこってり、国産と外来種の奇跡の融合。これはあれです、ずっと食べ続けられるタイプです。ちなみに風雅巻きは海苔がメインとあって湿気に弱いので、外袋には「これを開けたら早く食べてね」という意味の文言が書いてあります。そして私はそれに深くうなずきながら、次の小袋を開けてしまう。親友の言葉には、逆らえないもので。でも結構な量を食べても、罪悪感がないのです。だって風雅巻きは、海苔と豆だから！　（……衣として微量の寒梅粉が存在しますが、この際ノーカウント）

そして風雅巻きの豆にはカシューナッツ以外にも、大豆（香ばしい！）、ピーナッツ（安定のバランス）、そら豆（通好み）、ピスタチオ（お酒が……！）などがあり、味も醬油を筆頭に塩、梅、わさびと多彩です。もうね、選び放題。子どものいるお宅になら醬油ピーナッツだし、日本酒なら断然わさび大豆。私は前述の醬油カシューナッツと熱いほうじ茶が至福の組み合わせです。それを手元に、録りだめておいた映画を観るのがほんとうにもう、たまりません。大人的にはおなかが一杯にならない、というところもポイントが高い。

そんな親友と先日、銀座で偶然出会いました。けれどそれは銘菓コーナーではなく、熊本県のアンテナショップである銀座熊本館。二〇一六年の熊本地震のあと、なにか力になろうと思い、足を踏み入れたところ見つけたのです。

「え。君、熊本出身だったのか」

よく知られたことだと思いますが、銀座にはさまざまな県のアンテナショップがあります。その中でも熊本県はくまモンで有名です。が、私的には『ケロロ軍曹』。なぜなら、主人公である宇宙人の好物が『いきなり団子』なのです。いきなり団子とはさつまいもにあんこを載せて小麦粉の皮でくるみ、それを蒸したものなのですが、これが自然な甘みでおいしい。豆とさつまいもの繊維でおなかにもいいし、すごくヘルシーなおやつです。なのでこれまでは熊本館に行ったら、いきなり団子。そう決めていたのです。でも、嗚呼《ああ》。

「俺とこいつ、どっちを選ぶんだよ?」

って、困りますね。だって甘いのとしょっぱいのじゃ、勝負になりませんから。喧嘩両成敗ということで、どちらも購入。

その後、風雅巻きが好きすぎて通販にまで手を出したところ、これをつくっている風雅という会社が、もともと海苔屋さんであることを知りました。だからあんなに海苔がおいしいんですね。そして通販をすると恐ろしいことに、風雅は海苔以外にも熊本県産のおいしい食材をこれでもかとおすすめしてきます。柑橘に栗に芋。中には当然、いきなり団子もあるわけで……。

止まらない私と熊本との関係。ああ恐ろしい恐ろしい。ぱりぱりもぐもぐ。

9 サブレ四畳半

まず最初に、ちょっとだけ前回の続きをさせてください。そう、熊本の友だちについてです。

銀座の熊本館で再会した、親友である『風雅巻き』。けれど実はその日、新しい友だちとも出会っていたのです。その名は『九州大麦グラノーラ』by西田精麦。手に取ったのは偶然でした。銀座まで来て『風雅巻き』だけ買って帰るのはちょっと寂しいから、なにか新しいものをもうひとつ。そう思ったときに、シンプルでおしゃれなパッケージが目についたのです。

「大麦のグラノーラ……」

そういえば朝のパンがなくなりそうだったっけ。シリアルにしては小さめサイズの袋もいい。気に入ったので、お試し気分で何気なくカゴに入れ、レジに向かいました。

そしたらこれが、すごくおいしかったのです。

大麦のポリポリとした歯ごたえは牛乳をかけてもふやけず、てんさい糖と黒糖でつけられた甘みは控えめで自然な味。そしてなにがすごいって、自然すぎて無心でずーっと食べられてしまうところ。正直シリアルって、数回続けて食べると飽きることが多いんです。なのにこれは、飽きない。それはきっと食感、味、香りのすべてが静かにまとまっているから。

「おいしーい！」「うまーい！」といううるさい味じゃないんです。ただそっと「主食だよ」とそこにたたずんでいる。そんなやさしい味。それはもはや米、つまりごはんです。本来洋のものであるグラノーラが、和の印象に寄っています。そしてこれを「ごはん」と認識した私は、やはりこちらも通販してまで食べています。熊本、私にとってはお友だちの名産地です。

なにかを極めると、和洋の境目は曖昧《あいまい》になってゆく。このグラノーラだけではなく、そんなことを感じさせる食べ物は多く存在します。たとえばよくできた味噌味の牛モツ煮が、ビーフシチューに似るように。あるいは余計なものを削ぎ落とした一粒のショコラが、和菓子を思わせるように。

最近ではミディ・アプレミディ（現在の取り扱い店は「洋菓子司ｔｓｕｄａｙｏｋｏ」）の『サブレ四畳半花』を食べたときにも同じことを感じました。もともと名前からして『四畳半』なので和寄りかな、と思っていました。でも缶が正方形で、そこに畳の目のようにみっしりと詰め込まれたサブレを見たとき、これは味よりも見立てが和なのだな、と感じました。

それにしてもこのサブレは、なんというか食わせ者です。まず、見た目が地味。花形に抜かれたかわいらしいサブレもあるのですが、メインカラーは茶色。質実剛健なお弁当の色です。でもそういうお弁当って、逆に捨て駒がなかったりしませんか。「とにかくおいしいものから詰め込んだら、結果、茶色」というパターン。しかも個包装なんてどこ吹く風。

「焼いてきたよ！」とでもいいたげな詰め込み方と、ものすごく短い賞味期限。これはまさに、空也のときにも書かせていただいたあれです。「だれかが焼いてきたお菓子」です。さらに『サブレ四畳半花』は入れ物も空也と同じで（紙箱と缶の違いはあれど）、掛け紙を外してしまえばまったくの無地。からの茶色。これは相当自信がないとできないプレゼンテーションではないでしょうか。

『サブレ四畳半 花』にはマーブルのサブレ（バニラとショコラ）、ごま板（ごま）、オランデ（アーモンドとショコラ）、パン・オザマンド（シナモン風味のアーモンド）という四種類のサブレに加え、花シリーズ（花形に抜かれたもの）のショコラ、アプリコット、ラズベリーが入っています。そのどれもがきちんと焼き締められているため、さくさくぱりぱりと歯ごたえはばつぐん。最初においしいと感じたのはマーブルのサブレでしたが、印象的だったのはごま板です。和菓子の豆板に似た名前ですが、方向性は真逆。薄くきゃしゃに焼き上げられたサブレには切りごまが散りばめられ、かりかりぱりぱりとした食感。イメージとしては南部せんべいと松風（薄いタイプ）をかけ合わせ、洋風に仕上げた感じです。味は甘さの中にほんのり塩気を感じるという、おやつにもおつまみにもなるパターン。

これがまあ、止まらない。最初は「なんか地味だな」なんて思っていたのに、気づくとかりかり食べています。缶をテーブルに置いておくと、食べてしまうんですよ。通りがかりに、かりかりかりっと。朝食が終わり、午前の仕事に入ろうかとお茶を入れたときに一枚。昼食のあと、コーヒーの添え物としてまた一枚。三時のおやつにはほかのサブレと一緒に二枚。夜は夜で、小腹の減った深夜にホットミルクと二枚。賞味期限が短いことをいいわけに、かりかりぱりぱりやり放題。はっと気づいたときには、ごま板だけが消えていました。

そして残ったサブレに手を伸ばすと、あら不思議。今度はオランデがめちゃくちゃおいしい。そのとき、ふと思いました。

「これはもしや、一人時間差？」

焼き菓子は、時間の経過とともに味が落ち着くものです。ましてや個包装でないサブレなら、その変化は顕著。焼きたてに近いうちは薄いごま板の結実が早く、それを食べ終わるころに厚めのオランデが食べごろを迎える。そして次に焼きの強いマーブルのサブレが熟し、最後にいちばん水分の少ないパン・オザマンドが有終の美を飾る。その流れに乗せられるまま、見事に一箱食べ切ってしまいました。

ミディ・アプレミディはもともと菓道家の津田陽子さんが京都で開かれていたお菓子屋さんです。けれど現在、サブレを手に入れられるのは津田陽子さんのサイトのみ。さらに東京の松屋銀座店で販売していた時も月・金曜日限定のレア商品でした。そのラインをサポートしていたのはもと文具会社で、現在は不動産を扱っている黒沢不動産というのもおもしろい。なんでも会長さんがこちらのお菓子を気に入って、販売ルートを独自に立ち上げていたとのこと。販売ルート自体がおいしさの証明になっていたとは、ミディ・アプレミディ、やはりただ者ではありませんでした。

10 銀座あけぼの〝それぞれ〟

やさしそう。

小さいころ、家にあったおかきの箱を見て、私は思いました。ひらがなで読みやすかったということもあるかもしれない。けれどいちばんの理由は、字体です。手書きのようなぽてっとした雰囲気で書かれた『あけぼの』の文字。まるで私に向かって「安心して食べてね」といっているように思えて、うれしかった。

だから、食べました。そこにあれば無心に。あればあるだけ。ぱりぱりさくさく。海苔にとろろ昆布に醤油。ざらめに揚げにナッツ味。個包装で一枚ずつ味が違うから、食べ飽きることがなかったのです。おかきのいろいろな種類を、私は『味の民藝』で学んだような気がします。

失礼を承知で書かせていただくと、『あけぼの』のお菓子は普通です。普通においしい。なんとなく家にあって、なんとなく食べて、普通に満足する。この普通さというのは案外得がたいもので、だからこそわが家にも贈答品として届いていたのだと思います。いろいろな味があって個包装で、数が多くて、かつ日持ちもする。どんな人数の、どんな家族構成の家にもマッチする。「ここのこれが食べたい！」というとがった欲望をかき立てないかわりに、「こういうんじゃないんだよなあ」とも思わない。普遍的な穏やかさに包まれた、そんなイメージです。

こういう穏やかさは、若いときにはわかりにくいんだよね。最近、しみじみとそう感じます。原材料やつくり方が正しくて、身体に優しいものは見た目や味にインパクトがない。でも、あるときほかのところで同じようなものを食べたとき、気がつくのです。「なんかいつものより、おいしくないぞ」って。

たとえば昔からある『味の民藝』や、デザインのすてきな『二十四節花』。これらはいろいろな味のおかきがこれでもかと詰め込まれた、ぜいたくなシリーズです。そのどれかをひとつ取り出し、口に運ぶ。ぱりんとした歯ごたえ。そして香ばしさ。かりこりと数回嚙むと、口の中からすうっと溶けて消えてゆきます。味も控えめで嫌みがないから、さらりとした食べ心地。もちろん、胃もたれなんてしません。

ところでおかきの口どけがいい理由をご存知ですか。それはおかきがおせんべいのうるち米とは違い、もち米でつくられているから。お餅を焼くと、中に気泡ができて膨らみますよね。その気泡をまんべんなく行き渡らせ、カリッとさせたものがおかきです。ちなみに『あけぼの』のおかきがすごいなと思うのは、その気泡とカリッとした食感がどんなに小さくなっても変わらないことです。特に『味の民藝』に入っている『松の実あられ』！　ほんの五ミリ四方しかないあられが、ちゃんとさくさく砕けて溶けるんですよ。これにはちょっと感動しました。

あ、あとさくさく食感といえば『不二ひとつ』も食べていただきたい。胡麻入りの揚げおかきなのですが、これがまたすばらしい口どけで、ちょっと揚げおかきの概念が変わります。味は甘じょっぱくておいしいし、ひとつだけ入っている富士山形のおせんべいもソーキュート。

『あけぼの』を嫌いな人って、いないんじゃないかな。銀座の交差点を渡り、にぎわう店頭を見るたびにそう思います。近年では日本人だけでなく、海外から観光に来た人たちが『白玉豆大福』や『もちどら』を頬張《ほおば》っている姿も見られます。ちなみに甘い系で私が好きなのは『姫栗もなか』。通常のもなかよりちょっと小ぶりで、甘いものは食べたいけどおなかがいっぱいになるのは困る、というときにたいへん重宝しています。あ、もちろん味は折り紙つきですよ。特にもなかの皮の焼き具合。香ばしくて、焦げる前のギリギリを攻めてる感じがいいです。あとねあとね、栗が小さく刻んであるのもいいんです。栗ものって大きな栗が「ぼこっ」と抜けちゃうと、あとはただあんこに頼る羽目になったりするでしょう。でも『姫栗もなか』は刻んで全体に散らしてあるから、どこを食べても栗と餡のバランスがいい。理想のサンドイッチみたいなもなかなのです。

実際、『あけぼの』をつくっている方々は優しいのではないかと思います。まずそれは、原材料やつくり方が誠実だったり、食べやすいサイズのものをつくったりといった部分に見受けられます。そして店名の字体に始まる、包装のデザイン。綺麗だけどとがっていない、だれにでも好かれる、家のどこに置いてもしっくりくるような、やわらかな美しさ。でもいちばんは、それぞれの包みに入っている説明書きの文章かもしれません。

大人になってつらいことがあったとき、私は『あけぼの』の『それぞれ』という詰め合わせを開いて救われたことがあります。その説明書きには、こうありました。

「それぞれでいい　それぞれがいい」

強く、優しい言葉です。

さらに説明を読むと「一人でも大勢でも　それぞれが　それぞれに」と書いてありました。おかきを食べながら、私は静かに励まされます。

「大丈夫。甘いのもしょっぱいのもあるよ」

「形だって自由だよ」

「今ふうでも昔ふうでもいいんだよ」

「全部そろってなくていいんだから」

味は昔と同じように「普通」においしくて、安心したせいかほろりと涙が出ました。ひとつずつ違うおかきをゆっくりと食べて、食べ終わるころには元気になっていました。

『あけぼの』はやはり、私にとって優しいお店なのです。

追記・さんざん「普通」とか言ってきましたが、実は私的に「とがってる」お菓子も『あけぼの』には存在します。それは、『本生栗蒸し羊羹《ようかん》』。『あけぼの』お得意の程よいサイズ感。そして食べ飽きない程よい甘さ。栗の絶妙な配分。これは「程よさの最高峰」といったマッチングで、私は毎年、これを来年も食べよう、と心に誓っています。

11 ピエール マルコリーニ

お正月のにぎわいが過ぎると、街はいきなりチョコレートの甘い香りに包まれはじめます。そう、バレンタインデーです。

チョコレートのお店は数あれど、個人的に好きなのはやっぱりピエール マルコリーニ。今年のバレンタインはベルギーで「愛」と「幸せ」の象徴とされるタツノオトシゴをモチーフにしているそうですが、イラストがゆるいかわいさでとても好感が持てます。

ところでなぜ私がピエール マルコリーニのことを気に入ったかというと、それはずばりパフェがおいしいからです。フランス語でｐａｒｆａｉｔ、「完全な」という意味の語源を持つパフェ。最高においしいものだけを集めた、完全無欠のデザート。それがパフェ！　なのに私の人生において長らく、パフェはパフェではありませんでした。というのも私にとって、パフェに入っているスポンジケーキやコーンフレークスは邪魔者であり、かさ増しとしか感じられなかったからです。

それでもフルーツパフェはまだ救いがありました。前に書かせていただいた資生堂パーラー銀座本店や銀座千疋屋などはフルーツとクリームだけで勝負していて、語源と一致したからです。けれどなぜかチョコレートパフェはワンパターン。お約束のようにかけられたチョコソース。底にブラウニー。差し込まれたチョコレート菓子。おいしいけど、すごく子どもっぽい味覚。そんな中、私はついに「完全」と出合います。ピエール マルコリーニの『マルコリーニ チョコレート パフェ』です。

正直、メニューを見たときはためらいました。ランチ一食ぶんくらいの値段なのです。でもせっかく来たのだからと頼んでみたら、これがね、もう「完全」でした！　まず、基本のチョコレートアイスがおいしい。鼻血が出そうなほどカカオが効いていて、でも甘すぎないから生クリームとの相性がいい。バナナの甘さと合わさって、ちょうどいいバランス。バニラは粒がぴっちぴちの香り高さで、そこにさらにチョコレートクリームが載せられています。そしてこのチョコレートクリームがね、もうホントにすごい。アイスだけでは冷たすぎるけど、かといって生クリームが多すぎても胸焼けがする。そのあわいを上手に埋めてくれるのです。すごく濃いのに舌の上ですっと溶けて、チョコレートのおいしさだけを残してゆく。このクリームを、ほとんど甘くない生クリームと一緒に口に入れると「完全」の文字が頭に浮かびます。そこへたたみかけるように、きちんとつくられたチョコソースのねっとりとした旨味。食べ終わるころには、とろとろの饗宴でもうお腹は一杯。ランチ一食ぶん以上の満足感があったというわけです。

パフェをきっかけに出会ったピエール マルコリーニですが、その後本来のチョコレートを食べてさらに感動しました。特に気に入ったのは『サブール デュ モンド』。産地別のチョコレートの食べ比べができるこのセットで、私はカカオ豆にも個性があることを知りました。

万人受けするチョコレート菓子を食べて育った私の舌に、ブラジルのフレーバーは衝撃でした。少しスモーキーで酸味があり、遠くにラムのような香りがたなびく。なんて大人っぽい味なのだろう。驚きながらエクアドルを口に運ぶと、ココナツっぽい油脂とココアそのもののような粉っぽさを感じます。ペルーは酸味とともに、ナッツの風味。メキシコはペルーに近い味ですが、酸味が強くて鋭角的。逆にジャワは同じように酸味が立ちますが、南国らしい果実の優しい風味がありました。酸味がいちばん勝っていたのはキューバ。苦みも強く、いかにもブラックチョコレートのベースといった感じです。逆に酸味が弱くコクが強かったのはマダガスカル。子どもの好きなチョコレートのベースっぽい感じですが、単体だとコクが強すぎて癖《くせ》に感じました。

「チョコって、産地でこんなに違うんだ！」

それがわかった上で、最後に残されたピエール マルコリーニを食べると——わかるのです。マダガスカルやエクアドルといったベース系のものに、メキシコやキューバの酸味。ジャワのフルーティ。ペルーのナッツ風味がコクを深め、ブラジルのスモーキーな香りで仕上げる。

エウレカ！　ショコラティエのチョコレートとは、実験と調合を繰り返した末の、奇跡のブレンド品だったのです。頭ではわかっていたことが、身体での理解につながった鮮やかな瞬間でした。

ベースを知ることにより、今ここにある一粒の由来がわかるようになる。これはとても新鮮な体験で、まるでピエール・マルコリーニ氏本人に手を引かれ、一緒に世界を旅しているかのような気持ちになりました。そしてこの体験のあと、私は「万人受けするチョコレート」の価値にも気がつきました。だってそれはきっとだれかが、

「みながおいしく食べられるように」とブレンドした作品なのですから。

ちなみにピエール マルコリーニ銀座本店ではソフトクリームが有名ですが、私的にはエクレアがおすすめです。上にカカオの粒と思いきや、砂糖チョコがけのカカオニブが載ったシューをぱくりと頬張ると、中から濃厚なチョコレートクリームが出てきます。カリカリ&とろとろの食感の対比がすばらしく、これぞ万人受けするおいしさです。

あと、特別なときに食べたいなと思うのはトリュフシャンパーニュ。小ぶりな球形のそれを口に入れると、ゆっくりと広がる華やかなシャンパーニュの香り。軽く酔ってしまいそうなほどきっちりとお酒が入っています。なにかいいことがあった日、この一粒は静かな祝福を与えてくれることでしょう。

チョコレートは、人生の味方だと思っています。元気のないとき、悲しいとき。口にいれれば応援してくれる。そしてそれがショコラティエの作品であれば、もはや効能別の薬のようによく効く。つまりマルコリーニ氏は、私にとってお医者さまのような存在なのです。

（注・文中のメニューは二〇一八年のものです）

おやつが好き

12 維新號

春は名のみの風の寒さや。毎年、三月になるとこの歌詞を思い出します。だっていつもそうなんですよ。梅が咲いて桜が咲いて「さあ春ですよ」っていわれて外に出ると「寒っ！」って。そこであわててコンビニに避難すると、まだいるんです。冬の間、ずっと味方だったあいつ。中華まんが。「まだ寒いよね」って、いてくれるんです。

中華まんは、冬の帰り道の友です。学校や会社、塾の帰り道など、ちょうど小腹の減った時間におなかと指先を温めてくれます。暗い夜道にほわほわと上がる湯気。ふかふかとした感触。肉もいいしあんもいい。ピザもカレーもいいけど、ときにはぜいたく系や変わりダネもいい。だれかと一緒に食べてもいいし、一人なぐさめられてもい。コンビニの中華まんは、優しさでできています（たぶん）。

個人的に、中華デザートはなんとなく寒い時期に食べたくなります。中華は医食同源の料理なので暑い季節にもいいとは思うのですが、やはり夏場はアイスやかき氷のパンチに負けてしまう。秋冬は濃いチョコレートや焼き菓子に押され、お正月は和菓子ときて、じゃあいつかと聞けば満を持しての早春。三月は、ほかほかの点心が最高においしい季節だと思いませんか。

銀座で中華と言えば、私はまず銀座アスターを思い出します。なぜなら学生時代、友だちがそこでアルバイトをしていたからです。

「片手で皿を二枚持てるようになった！」

と得意気に披露してくれたことを覚えています。そんな銀座アスターの中華おやつ、くるみの飴だきを銀座百点の田辺さんからいただきました。普段は前菜に添えられているというくるみの飴だきですが、お店にある場合は注文すれば持ち帰りにしていただけるのだそうです。しかしこれがまた地味。パックに入った茶色い塊は、遠目にはつくだ煮のよう。

「中華おやつは、見た目で損しがちだなあ」

などと思いながら、無造作に口に運びます。すると、始まってしまうのですよ。無限ナッツループが。

一双が割れずに取り出されたくるみは、まずその時点で高級品です。かりっと揚がったそれに歯を立てると、ぱりかりとはじける飴の感触。追ってくるくるみのコク。最後にごまの香ばしさがたなびいて、もう手が止まりません。ぼうっとしていたら、ひとパックを食べ切ってしまいました。カロリー的な問題は、この際考えないことにします。

ちなみに現在の私が普段使いでよく行くのがかわいい唐子のイラストが印象的な維《い》新號《しんごう》。二子玉川の點心《てんしん》茶室では飲茶が楽しめるので、おやつどきには小さなメニューをいろいろ頼んでしまいます。中でも海老とパイナップルの湯葉包み揚げが、あまじょっぱくて好み。あと、維新號はランチの前菜に乾豆腐のあえものが出るところもいい。あれ、好きなんですよ。

ところで維新號と言えば忘れちゃいけないのが中華まん、維新號的には「おまんじゅう」です。これがね、大きいんですよ。点心用の小型蒸籠《せいろ》一個ぶん。いえ、中にぴったり入るとかじゃなくて、蒸籠そのもののサイズ。なので食べるとものすごく満足感があります。

そのおまんじゅう、実は肉まん以外のものもあるのですが、今まではお店で食べていたので一度に一種類が限界。でも気になったのでいくつか銀座店で買い求めてみました。が、重い。中身の充実と考えればうれしい重さなのですが、ほんとうに重い。ずっしりと手に食い込む袋を提げて家に帰ると、包装紙がいつもの唐子たちで和みました。維新號のお店では醤油や酢の器までこの唐子模様で統一されていて、かわいいんですよね。

ちなみに維新號は一八九九年創業ですが太平洋戦争で休業を余儀なくされ、戦後銀座で営業を再開した際、この絵柄を入れた湯飲みをつくったそうです。唐子模様は子孫や家の繁栄といった意味のあるおめでたいモチーフなのですが、それよりもただかわいらしくて私は気に入っています。当時は有田焼に手描きされていたため、よく盗まれて困ったそうですがその気持ちもちょっとだけわかるというか。

話をおまんじゅうに戻しますが、まず定番の肉まん。安定のおいしさ。玉ねぎが控えめなところが好みです。次にあんまん。こちらは誠実で素朴な味。小豆の粒が残っているのと、ごま油が入っていないところが珍しいですね。ちょっと和風を感じます。ちなみになぜごま油が入っていないかというと、別にごままんが存在するからです。そしてこのごままんがですねえ、名前に反してものすごく個性的！　だって食べた瞬間に「じゃり」ってするんですよ。ふかふかからの「じゃり」。なんという衝撃。ごまを砂糖漬けにしているらしいのですが、そこにレーズンとオレンジピールが入り、まとめあげるのは豚脂。

私はこれを食べた瞬間、イギリスのミンスミートを思い出して混乱しました。中華なのにイングリッシュ？　ていうかクリスマスプディング？　要するに、構成要素が似てるんです。ドライフルーツとナッツ（ごま）と砂糖と脂。ミンスミートの場合は牛脂なあたりが、既視感の元かもしれません。

そして個人的にヒットだったのがからしなまんです。まだ寒い朝、じっくりとふかしたおまんじゅうの皮を割ると、ふわっと立ち上るごま油の香りの湯気。中には炒めた雪菜がぎっしり詰まり、真ん中あたりには海老がぜいたくに埋め込まれています。

そのうえ、具が野菜なので大きくても食べ心地が軽くてうれしいです。

見た目も雪菜の緑と海老の赤の対比が美しく、茉莉花茶を入れれば湯気の向こうに草が萌え、花咲く野原が見えてくるようです。

これはもう、ベストオブ早春の朝食。七草粥《がゆ》のあとに食べるべき、ほかほかの春の野原。指先を温めながら、きたるべき季節に思いを馳《は》せることにいたしましょう。

13 ルコント

ルコントは私にとってどこか懐かしく、特別なお菓子屋さんです。なぜならルコント氏が日本に『A・ルコント』をオープンしたのが一九六八年。そしてその翌年、私は生まれました。つまり、私とルコントはほぼ同い年。同じ時代を生きてきた同志なのです。そのせいなのか、ルコントには父と母、双方との想い出があります。

父とは、今はなき青山のブラッスリールコントでよくお茶を飲みました。地下鉄からつながる駅ビルの中にあったので、待ち合わせに便利だというのが最初の理由でした。が、入ってみて味がいいこと、さらにはすべてがフランスふうであったことに父は驚いていました。父は中世の歴史好きが高じて、若干舶来ものかぶれな一面を持っ

た人でした。なので食事メニューの中にステーク&フリットを見つけたとき、とても喜んでいました。これはフランスのカフェの定番メニューなんだよ。そう言われて、ふうんと思いながら私は肉をぱくつきました。当時は、そういった知識よりも目の前のステーキのほうが重要な年ごろだったのです。

父は私に『スウリー』を食べさせたがりました。

「ほらこれ、ネズミの。これにしたら?」

子ネズミを模した、かわいいシュー。けれどすでに成人していた身としては気恥ずかしく、「いいよ」と呟きながらモカエクレアなどを頼んでいた気がします。

母は、間接的にルコントの影響を受けていました。それは料理教室で習ったという、スワンのシュークリーム。私が小学校低学年だったので、ルコントが開店してから七〜八年といったところ。スウリーと並んで人気の『スワン』が知られていたころだと思われます。

「ほら、かわいいでしょ?」

ふだんお菓子など焼かない母が、得意げに出してくれたスワン。楽しく食べたのですが、つくるのに手間がかかるせいか二度と登場しませんでした。

そのスワンと再会したのが、件《くだん》の青山店です。けれど残念なことに、その後ルコントは一時的に店を閉じ、青山店もなくなってしまいました。

お店を目にしなくなったため、私はしばらくルコントの存在を忘れていました。けれどルコントは店を閉じた三年後に、早くも復活していたのです。そうして時は流れ、二〇一八年ルコントは五十周年を迎えます。そんな節目の年に、ケーキを食べないわけにはいきません。

久しぶりに味わって驚いたのは、すごくおいしかったこと。もしかして記憶の中で美化していないかな、と思いながら食べたのですが、びっくりするほどおいしかった。まず全体的に甘さが控えめで、効いていてほしいところに塩気がきちんと感じられるのがいいです。特にスウリーやスワンをはじめとするシュー生地や、パイ、タルト生地、そういった部分の塩気。それとクリームやチョコレートの甘さがちょうどよくて、バランスを考え抜かれたお菓子だと感じました。甘さもしつこくなく、エクレアのフォンダンまできちんとおいしいのはうれしくなります。さらにすばらしいのは、生地からしっかりとバターが香ること。そして歯切れがいいこと。シューやエクレアの生地がぱつんと嚙み切れる心地よさにも技術が光ります。

にしても『ベイクドチーズケーキ』がおいしい。かっちりした見た目を裏切る、カッテージチーズがメインのほろほろ食感。『ミルフィーユ』のパイ生地はぱりっぱりに焼き締めてあるし、『パトリシアン』というバタークリームのケーキは、中のダックワーズが「しゃり&とろり」な舌ざわりの上に、チョコの融点がこれまた計算しつくされています。そうそう、バタークリームがフレッシュで軽やかなのもすごいですね。生地のバターもそうですが、ルコントはとてもいいバターを使っているのではないでしょうか。

中でも驚き、かつ快哉《かいさい》を叫んだのは『モンブラン』でした。なぜならルコントのモンブランの構成はマロンクリーム＋生クリーム＋メレンゲ。私は「土台」然とした小麦粉の下段が好きではないので、これは本当にうれしかった。クリームだけを、純粋に楽しむことができるのです。

さらに忘れてはならないのが、お酒。ルコントでは、スウリーやスワンといった全年齢向け商品以外には洋酒が今どき珍しいほどがっつりと効いています。『ポンポネット』という、サバランに似たケーキにラム酒が染み込ませてあるのはわかりますし、『フォレノワール』も元々キルシュワッサーがポイントのケーキです。けど、モンブランがラム酒ぷんぷんで、ミルフィーユにコアントローたっぷりとこられると「おっ」と思います。

「『万事フランス流』とはこのことか」

たっぷりと洋酒を抱き込んだ甘ずっぱい『ガトーフランボワーズ』は、大人の女性を思わされます。きっと彼女は、ラム酒の効いたモンブランを食べる紳士とデートしているんだろうな。

そしてそれとは逆に、スワンを食べると、顔を生クリームだらけにして笑う子どもの顔が浮かんできます。だってスワンの生クリームは、コクがあるのにあと口すっきりで、いくらでも食べられそうだから。スウリーのカスタードクリームは、ちびちび大切に食べる子かな。ルコントのケーキからは、食べ手のイメージがはっきりと伝わってきます。

余談ですが、父と母とは別枠で私自身もルコントに触れていたことが、昨年判明しました。それは自著の後書きのため調べていた、伊丹十三監督の映画『タンポポ』においてです。私はこの映画がとても好きで何回も観ているのですが、その中にアンドレ・ルコント氏が出演されていたのです。しかもフランス人役ではなく、イタリア人役という不思議。縁を感じるとともに、時を経て出会えたような気がしてうれしかったです。またこれからの年月を、同志とともに歩めたらと願ってやみません。

14 とらや

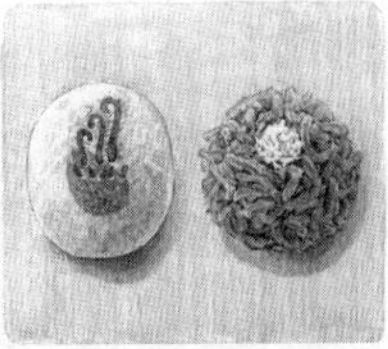

あえてここまで避けてきました。というのもお菓子、というか和菓子を語るうえでとらやの存在は私の中では大きすぎて、ちょっと尻込みしていた部分があったからです……いいえ、美しい言葉で偽るのはやめにします。私は正直、とらやが苦手だったのです。でもそれは味の問題ではなく、自堕落な自分と比較してのこと。

なぜなら、とらやは姿勢がいいのです。まっすぐ立って、揺らがないのです。黒地に金の虎というデザインはおそろしくシックだし、羊羹は水分量少なめでぎゅっと目の詰まった本物の味がするのです。

「いいところばかりで、なにが問題なの?」

そう思われるのは当然です。でもね、私は姿勢が悪いんです。いつもぐらぐらして、心は揺らぎまくっているんです。服のセンスは壊滅的にないし、わが肉体は水分量多めのがっかり感。そんな私から見るとらやは、付け入る隙のない、精巧な螺鈿《らでん》の施された棗《なつめ》のような存在です。その蓋《ふた》は、空気を押し出してすっと嵌まる。細工の柄も蓋と本体でずれることはなく、完全に一致している。とらやには、そんな完璧なイメージがあります。

穿《うが》ちすぎでしょうか？　けれど味の上でも、この印象は変わりません。特に羊羹。水分量多めで喉ごしがよいものが好まれる現代において、あのずっしりとした質量。ぴしっと角の立ったたたずまい。口に入れると背筋が伸びるような清涼感。小豆と砂糖と寒天で、どうしてあれほど研ぎ澄まされた味になるのか。黒糖を使っていても雑味がなく、こくだけがあってまっすぐできりりと甘い。余剰を楽しむのがお菓子だと思っている私にとって、この甘さはまぶしいほどです。

そしてとらやといえば歴史。京都で創業し、「天皇さまにお供して」東京にも店を構えたとらやの創業はなんと室町時代。歴史的資料も豊富に残されており、虎屋文庫という資料室で保存・研究がなされています。機関誌の発行や展示会もあるので、私も自作の資料を探すときたいへんお世話になりました。

洗練されたたたずまい。菓子文化を担うという自負。それはとりもなおさず、〝天皇さま〟という一点に収斂《しゅうれん》します。お納めし、召し上がっていただくお菓子だからこそ妥協はしない。材料を吟味し、歴史をひもとき、真剣な姿勢で臨む。純粋で、雑味のない甘みはそこからきているのではないかと思います。

ただ、近年のとらやはちょっとだけ敷居を下げてくれています。それは特に春。桜の季節を控えたころに出現する、ピンクの紙袋や掛け紙。「怖くないですよ」「楽しんでくださいね」といってもらえているようで、うれしくなります。生菓子も春らしい華やかさで、ついうきうきと買い込んでしまいます。『春菊』はほろほろのきんとんの中に、とろんとクリーミーなこし餡（とらやでは御膳餡と呼びます）がおいしいし、『春雷』は黄身餡がしっとりして、なのに喉に詰まらずさらりと消えていきます。そして蕨《わらび》の焼き印もかわいい『春の山』は、薯蕷《じょうよ》製のもちもちの皮がしみじみとおいしい。うなずきながら食べているうちに、あれほど感じていた引け目が少し小さくなっていることに気がつきます。だっておいしさの向こうには、食べる人への優しさがあるから（前述の生菓子は二〇一八年三月四日〜十五日までの販売でした）。

そういえば、近年発売されたやわらか羊羹『ゆるるか』というものをご存知でしょうか。水羊羹よりも柔らかく、けれど餡の味はしっかりしているというこの品は、噛む力・飲み込む力の弱い人向けにと開発されたものだそうです。そこには四角四面な真面目さではなく、柔軟な気づかいを感じます。

心のハードルが下がったところで、私は一昨年の六月十六日、とらやに嘉祥《かじょう》菓子を注文してみました。ちなみに六月十六日というのは全国和菓子協会が定めた『和菓子の日』であり、嘉祥菓子は仁明天皇が御神託に基づき、十六の数にちなんだ菓子や餅を神にささげて健康招福を祈った古事が元になったといわれるお菓子です。はじまりが西暦八四八年というのがすごすぎて、なんかもう歴史がどうこうというよりタイムトラベル感が強い。明治以降、長らく途絶えていたこのお菓子。とらやで売っているものは、江戸時代末期に御所にお納めしていた菓子をもとにつくっているようです。

昔すぎてお菓子の想像がつきませんでしたが、とらやがつくるものなら信頼できる。そう思って注文に踏み切りました。

箱を開けてまず驚いたのは、お菓子が素焼きのかわらけ（土器）に載っていたこと。そして青々とした檜葉《ひば》が敷かれていたこと。これはもう、そのまま神殿にお供えできる状態です。そしてお菓子が七個。

「あれ？　六にちなんでるはずだったけど」

添えられた説明を読むと、これは十六を「一＋六」としたとのこと。ちなみに昔は嘉祥菓子を十六文で買うとか、また違う帳尻の合わせ方があったようです。見た目は、昔のものらしく素朴で大ぶり、そしてちょっと地味。でも食べてみたら外郎地のお菓子はしっとりもっちりだし、ごまをまぶした求肥《ぎゅうひ》は透明感のある甘さでおいしい。中でもそぼろ状の餡で小倉羹を挟《はさ》んだものは、とてもおいしかったです。

歴史イベントを楽しませてくれた上に、舌も満足。そういえば日本最古の和菓子ともいわれる椿餅も、私はとらやで食べました。炒った道明寺粉に肉桂《にっき》を混ぜた生地で餡を包み、上下を椿の葉で挟んであるのが特徴のお菓子ですが、とらやはその葉の両端を切り落としています。口にする方が、万が一にも尖った先端で顔を突かないようにということでしょうか。そんな気づかいの向こうに「あの方」の姿が見えた気がして、私ははっとしました。

空也が御仏なら、とらやは現人神《あらひとがみ》。ささげる先は違うものの、お菓子に対する真摯《しんし》な姿勢に共通点を感じた瞬間でした。

15 松﨑煎餅

松﨑煎餅のイメージは、銀座の若旦那です。それも白い麻のスーツにパナマ帽をかぶり、涼しげに微笑んでいるような、レトロだけど洗練された印象。というのもまず、庶民的で親しみやすい「おせんべい」ではなく「煎餅」を選ぶところからして「しゅっと」しているから。そしてブランドマークやパッケージのデザインもシンプルモダンで、いかにも「江戸／東京」という感じがするからです。

こう書くと新しいお店のような気がしますが、松﨑煎餅は前回のとらやと同じように歴史のあるお店です。その創業はなんと文化元年（一八〇四年）。もともと瓦煎餅を扱っていたお店なので、現在もメインに『三味胴《しゃみどう》』という三味線の胴部分をイメージした瓦煎餅を扱っています。ちなみにかつての銀座の店舗は、地下一階がまるごと「瓦煎餅フロア」になっていて、絵つけのされた煎餅が絵画のように並べられていました。実際これらの絵は職人さんが一枚ずつ手で描いたものなので、絵画といってもいいでしょう。食べられるアートのギャラリー。こういうところもまた、おしゃれな若旦那感がありますね。

ところで私は小さいころ、瓦煎餅は和風クッキーだと思っていました。同じジャンルにそばぼうろや南部煎餅（のピーナッツ入り）も入るのですが、わかっていただけるでしょうか。このジャンルの特性としては、食べ飽きない、おなかに優しいなどがありますが、瓦煎餅にはさらに子ども心をそそるポイントがあります。それは「どんな絵を、どんなふうに齧っていくか」です。お花の絵なら中心を残すように食べ、動物なら抜き型のように食べてみる。ちなみに松崎煎餅の『三味胴』のパンダ柄を知り合いの子どもに食べてもらったところ、やはり「パンダ残し」で食べていたので、伝統は継承されていると感じました。

松崎煎餅の甘い煎餅は、お手本のように正しい材料で正しいおいしさを届けてくれます。けれどここでおすすめしたいのは、すでに有名な『三味胴』ではなく『ボーロ』。ありふれたお菓子ですが、できれば一度食べてみてください。かりっと噛んだあと、溶けて消えるスピードにびっくりすることうけあいです。個人的にはこの商品を『水いらず』と名づけたい。粉ものなのに、焼いてあるのに、噛んだ瞬間、かりしゅわっとほのかに甘い液体に戻って喉を滑り落ちてゆく。お茶や水をまったく必要としない、甘露《かんろ》のようなお菓子。この劇的な変化を、一度体験していただきたいと思うのです。

しょっぱい系の煎餅では、『江戸草加　本丸』シリーズが大好きです。持論ですが、割ったときに断面が薄いクリーム色のお煎餅には外れがありません。醬油煎餅で個人的ベスト1は浅草の『入山せんべい』(二〇一九年一月二〇日閉店)なのですが、松﨑煎餅のこのシリーズは、それにすごく近い味がします。香ばしくて、ばりんとかたくて、噛むと鼻から醬油の風味がぷんと抜ける。さらに個包装&おしゃれな外袋という点において、贈りもの的にはリードすらしています。余談ですが、これの『辛子』にマヨネーズを薄く塗ると、ものすごくおいしいです。というか、お酒が進む危険な味になります。カロリーもアップしますし、これは、絶対に、真似してはいけませんよ？(反語です)

お酒といえば、なにもしなくても絶対に合うのが『揚餅』シリーズの『マヨネーズ』と『バジル』。ていうかもう、マヨネーズついてますやん。さっくさくの揚餅にバジルとか、もはやグリッシーニレベルでお酒に合います。伝統に胡座《あぐら》をかかない攻めの姿勢がいいですね。若旦那め、やるなあ。

なんてことを書いていたら、びっくり。松﨑煎餅には本当に今、若旦那がいらっしゃったのです。そしてその方は前職で、グラフィックデザインやＷＥＢデザインなどを手がけられていたとか。なるほど、おしゃれなわけです。さらに興味が湧いたので、若旦那が手がけたという松陰神社前にある松﨑煎餅のカフェに行ってみました。

たった二両のかわいらしい路面電車、世田谷線に揺られて降り立つと、そこは小さいけれど活気に満ちた商店街。おでんの種物を扱うお店や鶏肉専門店の間に、おしゃれなカフェやフレンチのお店がいい塩梅《あんばい》で点在しています。そんな中、松﨑煎餅のカフェは、やはり若旦那イメージのシンプルモダン。打ちっぱなしのコンクリートに白木のテーブルやラックが並び、清潔で明るい空間が素敵です。カフェメニューも充実していて、抹茶と生菓子のセット、みつ豆やあんみつといったいかにもなものから、抹茶フロート、ハンドドリップのコーヒー、オーガニックフードのお店とタッグを組んだランチなど幅広い。ドリンク単品には瓦煎餅の久助が添えられるところなど、人の手が感じられていいですね。

暑い日だったのであんみつを頼んだのですが、何気なく食べてその完成度にちょっとびっくりしました。寒天は海藻の香り漂うぷりっぷりのできだし、あんこはほどよい甘さで黒蜜をかけてもぺろりと食べられる。飾りのフルーツはおざなりのものではなくフレッシュで、求肥や型抜きされた羊羹まできちんとおいしい。甘味専門店ではないのに、この完成度はすごいです。

大きめの椅子にゆったりと座って、のんびりとくつろぐ。サービスのほうじ茶は何度も注いでくださるし、居心地のいいこと半端ない。たまに聞こえる路面電車の音。町のざわめき。

「……若旦那、いい仕事してるなあ」

味は先代からの折り紙つき。ならばそこに上乗せするのは、場の快適さや商品のおしゃれさ。麻のスーツは着ていらっしゃらないかもしれませんが、松崎煎餅の若旦那は私が思う以上に「銀座の若旦那」でした。

余談ですが、松陰神社の祖である吉田松陰が描かれた『三味胴』、ゆるキャラっぽいかわいさがあって、結構好きです。

16 リビスコ

『氷菓』といえば米澤穂信先生。というのはミステリファンのお約束ですが、ジェラートも日本の定義では氷菓なのですね。

恥ずかしながらこれまで、ジェラートというものの定義をきちんと考えたことがありませんでした。ただ漠然と「イタリア発祥のアイス」、あるいはもっとざっくり「へらで三角に盛りつけるあれ」と捉えていました。ちなみに正確にはアイスクリームよりも空気の含有量が少なく、さらに乳脂肪分も少ないので氷菓として扱われているということです。ここでポイントなのが、ジェラートはアイスクリームと違って、構成要素に卵が必須ではないということ。卵白を加えて気泡のコシを保つスタイルのものもありますが、それとは別に、果汁やフレーバーの水分だけで練り上げる贅沢なスタイルのものが存在するのです。

ところでなぜそれが贅沢かというと、日持ちがしないからです。卵白が入っていれば気泡の泡の壁が補強され、一日で気泡が消えることはありません。けれど水分だけでつくった気泡は、生ジュースの泡が消えるように一日で消えてしまいます。そのため、この方法でジェラートをつくっているお店ではつくり置きも翌日への保存もできず、いつもつくりたてを提供することになります。添加物なんて、そもそも入れる必要がありません。そして今回取り上げるリビスコは、その贅沢な系譜のお店です。

リビスコは、軽井沢で生まれたジェラート専門店。毎朝その日のぶんのジェラートを仕込み、前日の残りを処分するというスタイルを貫いています。保存を念頭においていないため、糖分も控えめであっさりとした食べ心地。季節の果物メニューに至っては、牛乳すら使用していないものがほとんどで驚きます。そういえば、知り合いのお子さんが卵アレルギーを持っていたのを思い出しました。今度会うときは、ここのジェラートをおみやげにしてあげたいなあ。

今回私が食べたのは七種類。持ち帰りにしていただいたのですが、当然「本日中のお召し上がり」であり、「再凍結は絶対にしないでくださいね」とのこと。なので、頑張りました。人と分け合いつつ、七種類をその日のうちに完食。おなかはちょっと冷えましたが、胃もたれはまったくなし。それもそのはず、原材料は果汁と（今回は）牛乳と水だけなのですから。

いちばん「水感」があったのは、牛乳すら使われない春の季節メニューである『ホワイトグレープフルーツ』です。さわやかな酸味とほのかな苦み。とにかく香りがいい。それが冷たい液体となって喉を滑り下りてゆくと、身体が潤されているなあと実感できます。熱中症なんて、これを食べれば治ってしまいそう。あ、軽井沢と同じ長野県で生産されているオブセ牛乳を使用した『オブセ牛乳』は「おいしい牛乳を飲んでる感」がすごかったです。甘くて冷たくてミルキーで、これ絶対みんな好きなやつ。そしてこのおいしい牛乳をベースにレーズンを加えた『ラムレーズン』は、大人が絶対好きなやつ。ラム酒の香りが鼻に抜けるし、レーズンはジューシーでたまりません。

少しこってりもほしいというときには、『生チョコ』が超絶おすすめです。これね、最初はなめてたんです（ジェラートだけに）。溶かして混ぜるならともかく、あっさり系にチョコのチップはなじまないんじゃないかなあと。というのも私、常々アイスの中のチョコチップについて疑問を持っておりまして。だって冷たいアイスとチョコ、それも固く水分の抜けたチップって融点の違いが激しいじゃないですか。「とろり↓ボリボリ↓ようやくチョコ味」みたいなのが、納得いかないんです。アイスの消えた口の中に、チョコの欠片だけが残るあの感じが。でもリビスコは違いました。理由は「生」チョコです。まず融点が低くて、口どけのスピードが速い。それから断面がツルツルしていなくて、絶妙にほとびています。一般のチョコチップがレーヨンなら、こちらは麻かリネン。毛羽立った表面がミルクのジェラートを抱え込み、見事に一体化していたのです。口どけのスピードも近く、見事な作品だと思いました。

同じミルキー方面でおもしろかったのは『白雪かぼちゃ』。やはりお店のある軽井沢の近くで採れる白い皮のカボチャを使ったもので、さらさらとしたカボチャの舌ざわりが涼しさを引き立てていました。

そして全方位的におすすめしたいのが『夏いちご』！　これはね、ほんとうにいちごと牛乳を家でミキサーにかけた味がします。素材の正しさが前面に出ているというか。甘酸っぱくてミルキーでとろんと溶けて、もうたまらない。ジェラートのいいところが全部出ている。これ、大きなカップでも余裕で食べ切る自信があります。さらにもしかして、シャンパンとかワインなんかかけたらすさまじくおいしいのでは。

そして最後、今回いちばんのお気に入りは『銀座はちみつヨーグルト』です。こちら、は以前書かせていただいた『銀座ミツバチプロジェクト』のはちみつを使用した、銀座店限定の味です。何気なく食べたのですが、これがほんとうにほんとうにおいしかった！　口に含むと、乳製品特有の喉に残る感じもなく、ただささらさらと甘酸っぱくて優しい味が舌の上を流れていきます。そして飲み込んだあとには、ほわりとはちみつの香り。これはアイスクリームではなし得ないさわやかさ。ジェラートの真骨頂という気がしました。

リビスコのジェラートはどれもあっさりとしていて、食べると喉を潤してくれます。それはほんの少し放置しただけで水に戻ってしまうような、デリケートなつくり方をしているから。後味はどれもさわやかで、飲み込んだあとにすっと高原の風が吹くような気がします。清らかで、甘露という言葉がぴったりの夏のお楽しみです。

17 和光〝メロンパフェ〟

和光といえば、銀座。銀座といえば、和光。超のつく有名スポットですが、実は中に入ったことはほとんどありません。というのも私、以前のとらやの件でもおわかりいただけるように、小心者なのです。本来敷居が低いはずのお菓子屋さんですらびくついているのに、敷居もお値段もぶっちぎりに高い（と感じる）和光に入ることができましょうか？……無理ですね。とはいえ、和光にもとらやにも非はまったくありません。すべては私の貧乏人体質のいたすところ。

でも、そんな私でもなんとか入ることのできる場所があります。それは和光アネックス、つまり和光の別館です。ここは食品を扱っていて、地下はグルメサロン、一階はケーキ&チョコレートショップ、そして二階にティーサロンがあります。中でも和光のチョコレートは銀座みやげとして有名で、私も名前を聞いたことがあります。けれど、今回特におすすめしたいのはティーサロン。というのもですね、パフェが、すてきにおいしかったんですよ！

以前も書きましたが、私はパフェに「底上げ」を感じさせる粉ものは不要と思っている、口どけ原理主義者です。そんな私にとって、期間限定の『メロンパフェ』はまさにパーフェクトでした。まず、来た時点で見た目がものすごくかわいい。丸くり抜かれた薄緑色とオレンジ色のメロンが交互にパフェグラスのぐるりを飾り、中心には純白のココナツミルクのソルベが鎮座しています。卵の黄身の入ったアイスクリームではできない、この白さ。そして二色のメロンは時季的にいちばんおいしいものを選んでいるとのことで、その日は静岡県産と宮崎県産でした。スプーンに載せて口に含むと、メロンの果汁がじゅわっと広がります。その時点でもう、かなり満足。さらにココナツミルクのソルベを合わせると、南国フレーバーが満開。さらにさらに下を探ると、メロンのグラニテの層に到達。きらきら光る氷菓はメロンピューレを使用しているとのことで、また違った形でメロンを楽しむことができます。

ここまで涼しげな味が続くのですが、感心したのはその下。ここでようやくアイスクリームの層が現れるのです。メロンやココナツといった植物性のものであっさり食べさせてからの、こってり。バニラがバチバチッと効いたアイスクリームが、パフェのラストへ向かって見事な牽引役《けんいん》を果たします。心憎いのは、その層が厚くないこと。こってりを食べ飽きる前に、いちばん下のメロンのコンカッセに到達します。二色のメロンを刻んであえたものにバニラアイスクリームが絡むと、もう、なんというか「有終の美」といった言葉が浮かんできます。ため息とともに、ごちそうさま。「ああ、もう今年のメロンはこれでじゅうぶん！」と思うくらい、おいしかったです。

でも今回は、これで終わりません。食いしん坊の私は、同席していただいた方の『フレンチトースト』を分けていただき、さらには「しょっぱいものも」と『グラタン』まで注文していたのです。そうしたら、さらにこれが全部おいしかった！　フレンチトーストの本体は耳のないふわっふわで、かわいらしい丸形。ありがちなメープルシロップではなく、フランス産ハチミツのアイスクリームと、ベリー類のミックスが添えられています。食べてみるとベリーはマリネされていて、さりげなくていねいな仕事に驚きました。そのベリーから出たソースと、ハチミツのアイスクリーム。二つが混じると、またすてきにおいしい。

そしてグラタンも、ちょっと無視できない存在でした。一見、ベシャメルソースがぐつぐついってる普通のおいしそうなマカロニグラタンです。けれどフォークを入れると、中からトマトソースが出てきます。それがベシャメルとチーズでこってりしたところに、ちょうどよく混じりあって飽きない。あと、具が存在感のあるベーコンとごろっとした海老だったところもうれしかったです（子供舌なので、グラタンに海老が入っていると「ごちそうだ！」と思ってしまうのです……）。

おいしいおいしいと食べていたら、サービスの方が「紅茶が濃くなりそうなので」とお湯のポットを置いてくれました。コーヒーはサーブするときに注いでくれるし、食器はぴかりと清潔。窓からの眺めもよく、ティーサロンは全体的にとても居心地のよい空間でした。

心から満足して席を立ち、一階のケーキ&チョコレートショップをのぞきます。これが有名なチョコレート！　ケーキもおいしそう！　と心の中ではしゃいでいたところ、ショップの奥まった場所にひっそりとパンが並んでいるのを見つけました。品数は多くはないけれど、ただならぬ気配。気になったので、芥子《けし》の実のついたあんぱんと、アップルパイを持ち帰ることにしました。家に帰ってコーヒーを入れ、あんぱんを鼻先に近づけると、ぶんぶんバターが香ります。歯を立てると芥子の実がぷちぱりっと弾けて、塩気のある生地が心地よく抵抗。中のあんこが出てくると、塩気と甘みのバランスが調和して桃源郷に。しかもこのあんこがまた、上質間違いなしの紫色なのです。さらに食感の違う黒豆まで入っていて、驚かされまくり。

「おぬし、ただのパンじゃないな……⁉」

時を置かず二個目のアップルパイを頬張ると、こちらはまさに「ミル（千）」を感じるパイの層。ぱりしゃくとほどける生地の奥には、濃い色のリンゴがどっさりと入っています。ワイン煮なのか、軽く焦げたような風味はタルトタタンに近い味。ちょっとぼうっとしてしまうくらいおいしかった。そしてあらためて袋を見たところ、店名を見て三度びっくり。『パンド エスキス フォーワコウ』って、あの有名なフレンチの『エスキス』⁉ それはおいしいはずです。

どこをとってもおいしい和光アネックス。私のちっぽけな引け目など吹き飛ばされて、すっかりファンになってしまいました。

18　京都「中村藤吉本店」の〝生茶ゼリイ〟

暑いです。暑くて溶けそうです。

ちなみにこのエッセイを書いているのは七月の下旬。通常ならば「もうすぐ夏休みだ！」という期待に満ちたほどよい暑さのはずなのですが……。

異常気象かつ、高温注意情報が続いておやつを食べる気力もなくなりがちなきょうこのごろ。昼食に冷たい麺、おやつにアイスというコンボを続けていたら、てきめんに胃腸が弱ってきてしまいました。そんなとき、銀座百点の編集さんから「次のおやつは、ゼリーでいかがですか？」という連絡が。ゼリー……うん、いいかもしれない。

涼しげで、フルーツとかキラキラしてて、宝石みたいなやつ。洋酒がちょっと効いてたり、パフェっぽく盛りつけてあったり、生クリームやムースが飾ってあったり——。あ。動物性脂肪、いりません。

弱った胃腸が、そう叫びました。いつもなら大好きな生クリームもムースも、受けつけない。でも次の瞬間、編集さんはいいました。

「お茶屋さんのつくる、生茶のゼリーなんですよ」

おや。それはちょっとさわやかそう。そこでいただいてみることにしたのですが、安心はしきれません。だってお茶系の甘味って、往々にしてクリーム系とタッグを組むじゃないですか。紀の善の『抹茶ババロア』の濃さを、祇園《ぎおん》辻利のホイップにまで抹茶を混ぜ込んだパフェを、忘れるわけにはいきませんよ（普段はどちらも大好物です！）。

けれどそんな心配は、箱を開けた瞬間に消え去りました。中村藤吉本店・銀座店の『生茶ゼリイ』は、涼やかなお茶のゼリーと餡と白玉で構成された、一〇〇パーセント植物性のものでした。これなら大丈夫。そう思ってさっそく、『生茶ゼリイ・抹茶』のカップを持ち上げます。するとこれが、すごくきれい。濡れた椿の葉のような濃い緑のゼリーが、透明なゼリーの下にとぷんと沈んでいるのです。そして控えめな量の餡と、小粒の白玉が静かにたゆたっています。透明なゼリーは、まるで清冽な水のよう。そういえば、水でむせるほど弱った人には、水をゼリーにして与えるのだと聞いたことがあります。今の私にとって、このゼリーはまさにそれ。水よりも水。さわやかな緑の風が、細胞に染み渡っていきます。

「もう一つ、食べちゃおうかな」

少し元気になったとたん、現金な私の胃袋。次に手を伸ばしたのは銀座店限定の『生茶ゼリイ・深翠《ふかみどり》』。こちらはさっきのゼリーの餡が、白餡に抹茶を加えた深翠色の餡に変わったもの。さらに違いがもう一つ。こちらはその餡と白玉がカップの上部に別添え。つまり、「透明なゼリー」の部分がないのです。喉ごしは、もったりするのかな。そう思いながら抹茶餡をそっと載せ、一緒に味わってみました。するとこれが、予想外のさわやかさ。抹茶ゼリーの涼しい苦みが引き立つのです。そして餡のなめらかなこと！　こし餡なので、さらさらと流れるような舌触り。ちょっとお行儀が悪いですが、ぐるぐる混ぜて食べてみたら、ゼリーにとろんと絡まってすごくおいしかったです！

二つめを食べたところで、ようやく頭と身体がしゃっきりしてきました。そこで少し、中村藤吉本店について触れておきます。こちらは「とらや」や「松﨑煎餅」と同じ、「会社の歩みが歴史絵巻」タイプのお店です。その創業はなんと安政元年（一八五四年）！　京都のお店ですが、本店と平等院店が文化庁の重要文化的景観に選ばれています。ていうか、もうだれか『お菓子で語る日本史』とか書きませんか。絶対おもしろいと思いますよ。

でも中村藤吉本店がおもしろいのは、ここからです。歴史のあるお茶屋さんだったら、お店も敷居が高いと思うじゃないですか。でも、そうじゃないんです。中村藤吉本店は、「お茶を使っておいしいなら、ＯＫ」くらいの雰囲気で、洋風の素材をばんばん投入し、『生ちゃこれーと』（チョコレート）や『ちゃかろん』（マカロン）なんてかわいい名前のお菓子までつくっています。さらにパフェや生茶ゼリイが食べられるカフェスペースでは、日々行列が絶えません。中村藤吉本店は、おいしさを追求する姿勢が自由で軽やかなのだと思います。

さて、最後に残っているのは『生茶ゼリイ・ほうじ茶』です。こちらは琥珀のような透明感のある茶色のゼリーが、透明なゼリーの中にぷるんと揺れています。白玉二つと餡はお約束。口に入れた瞬間、ふわりと香ばしいほうじ茶のフレーバーが広がりました。そして薄甘い喉ごし。抹茶のゼリーよりも、むしろこちらのほうが「水」感が強かった。

「これは、万人にお勧めできる！」

カフェインは緑茶より少なめだし、抹茶の「溶く」という方法とは違って、熱湯で抽出しているぶん、ゼリーのデリケートさが際立ちます。だってちゃんと淹れたお茶って、放っておいたらあっという間においしさが逃げませんか。でもこのゼリーには、淹れたてのほうじ茶の香りが閉じ込められているのです。

実際、『生茶ゼリイ』は日持ちしません。冷蔵保存が必須だし、賞味期限も短く、とてもデリケートなお菓子です。理由は、お茶は酸素や光に触れることによって、いとも簡単に変質してしまうから。なるほど、だから透明なゼリーでふたをしているんですね。美しさに理由があることがわかると、二度おいしい気がします。にしても。

おいしい。ものすごくおいしい。

私はむさぼるように、ほうじ茶ゼリーをつるつると食べてしまいました。胃腸疲れはどこへやら。喉の渇きもすっかり癒されました。

水よりも潤う、お茶のゼリー。白玉の炭水化物と餡の食物繊維で、実は栄養的にも二重丸のお菓子です。暑さに疲れた人がいたら、さっと差し出してあげたいものです。

19 フレデリック・カッセル

生きているとたまに、「エウレカ！」と叫びたくなる瞬間があります。それはあるところで得た知識が、まったく違うところで呼応していることに気づく喜び。私はその瞬間を、ミルフィーユで体験しました。

ミルフィーユの語源は「ミル」が「千」、そして「フィーユ」が「葉（あるいはパティシエの名前）」なのだとされています。それを紙の上の知識として知ってはいましたが、立体的なものとして実感したのはプロレスにハマったときでした。きっかけは伝説の覆面レスラー、ミル・マスカラス。『スカイハイ』の流れる中、花道を悠々と歩くマスクの偉丈夫。「カッコいいなあ」と眺めていたところに、会場のアナウンスが。

「ミル・マスカラス、『千の仮面を持つ男』の登場です！」

あれ？　もしかしてこの「ミル」って、あの「ミル」？　そうか、仮面を重ねるようにパイ生地も重なってるもんな！　エウレカ！

……そのときは自分の発見に得意満面だった私ですが、実はこれは間違い。ミルフイーユの「ミル」はフランス語ですが、ミル・マスカラスのそれはスペイン語。微妙に違っていたのです。

しかし「千」を知ったとはいえ、私はほんとうに「千」っぽいミルフィーユを経験していませんでした。というのも子どものころから食べていたのは、フランセやベルンなどで売っているチョココーティングされた個包装のミルフィーユだったからです。

本物のそれに出合ったのは、かつてソニービルにあったマキシム・ド・パリの『ナポレオンパイ』こと『苺のミルフィーユ』が初めてだったと思います。パリパリでとろとろで、洋酒が香って苺がきゅんと甘酸っぱい。大人っぽいお菓子だなあと思った記憶があります(ちなみにこれを食べに行ったのは、一条ゆかりさんのマンガを読んだのがきっかけです。少女漫画家さんは、おいしそうなものを描く方が多いですね！)。

けれどのちにマキシム・ド・パリは閉店。ミルフィーユと名のつくお菓子は多くとも、あの「ずっとサクサク」を保つものにはあまり出合うことができませんでした。

そんな中、私の中で頭一つ抜けているのがリョウラのミルフィーユです。古典的な形状で大きめなのですが、パイの内側がキャラメリゼされているので「ぱりしゃく」がずっと続くのです。中のクリームも癖がなく申しぶんのない味で、ボリュームを感じず食べ切れてしまう。

「もう、ミルフィーユはリョウラだけで生きていこう」

と思っていた昨今。なんと銀座に、二〇一〇年のフランスパティスリー連合が主催するコンテストで「ベスト・ミルフィーユ」の栄冠に輝いたお菓子屋さんがあると聞きました。店名はフレデリック・カッセル。『ミルフイユ・ヴァニーユ』の迫力は、まず箱を受け取った瞬間にわかります。重いのです。「一個しか頼んでないよね？」と首をかしげつつ箱を開けるとびっくり。普通のミルフィーユの二倍、というか長方形のサンドイッチ二個ぶんのサイズのものがどーんと入っていました。表面はグレーズがかけられたシンプルなパイ生地で、クリームの層はたぷんと優しい黄色にバニラビーンズが見え隠れ。食べきれるかどうかドキドキしながら口に運ぶと——おお、サクサクです！　そしてクリームのバニラ！　ぶんぶんに香りまくって、ぷちぷち存在を主張して、まさに『ヴァニーユ』！　でも不思議と味は重くない。カスタードのこってりと生クリームの軽やかさを合わせたような感じで、ぺろっと食べてしまいました。とがってなくて穏やかで、心から満足できる。フレデリック・カッセルの『ミルフイユ・ヴァニーユ』は、なんだか「フランスの実家」みたいな印象を受けました。これはきっと、「だれが食べてもおいしい最高峰」という意味での「ベスト・ミルフィーユ」なんじゃないかな。きつい洋酒を感じないあたりも「家族」や「安心」のイメージがありました。でもね、優しいのに量を食べさせてくどくないって、これは相当なテクニックだと思うんですよね。優しい味って、単純につくると素材の味に頼ったり、ぼやけた味になりがちです。それを洋酒やスパイスではなく、バニラで引き締めているというあたりがフレデリック・カッセルの技なのかと思いました。ちなみに前述のリョウラもやはり洋酒は感じず、ベーシックなおいしさ追求派で、そういった意味でも私好みの味なんだと思います。

なんて書きながらパティシエさんたちの経歴を調べていたらびっくり！　フレデリック・カッセルさんとリョウラの菅又亮輔さんは、どちらもピエール・エルメ氏のもとで学んでいたのです。ということはもしやあの「古典的で大きくて、でも食べきれちゃうミルフィーユ」はエルメ氏からの流れなのでしょうか。これは今度ぜひ、そち

らのミルフィーユも食べてみなければ。エウレカ！　それはミルフィ
　ところで銀座にはもう一つ、気になるミルフィーユがありました。
ユ　メゾン　フランセ。こちらは多少日持ちのする個包装タイプのミルフィーユのお店なのですが、パッケージがなんと本！　これは職業柄素通りできません。さっそく購入して開けてみると、なかにはなんとしおり形のパンフレットが。全体をまとめる上品な水色も素敵で、好きな人にプレゼントしたくなるミルフィーユですね。ちなみにミルフィーユは定番の『ミルフィユ　スペシャリテ』（ヴァニラとショコラ）と季節限定の品（こちらも二種類）がありますが、日持ちがするのにパイがずっとパリパリなのはやはり素敵。クリームは個人的にヴァニラがヒットでしたが、季節の味も試してみたいなあ。
　そろそろ季節は秋。千枚の落ち葉にはまだ早いですが、口の中にひと足さきに香ばしいパイが舞い散った午後です。

20 歌舞伎揚

先に告白しておきますと、私はものすごく不調法《ぶちょうほう》者で日本の古典芸能に関してはほとんど知識がありません。なので『歌舞伎座が新しくなった』というニュースを聞いても「すごいなー」くらいの感想しかなく、銀座に行くことはあっても、歌舞伎座に立ち寄ろうとすることはありませんでした。というのも、歌舞伎を観ない人は入ることができないのだと思い込んでいたからです。しかし新しい歌舞伎座にはだれでも立ち寄ることのできる広場やカフェがあると聞き、どきどきしながら行ってみることにしました。

行ってみて驚いたのは、そのアクセスのよさ。入り口が、東京メトロ日比谷線・都

営浅草線の東銀座駅と直結しているのです。特別な仕切りもないし、入りにくいどころか歩いていたら自然に入ってしまう。しかしそれは当然の話で、新歌舞伎座のビルはオフィスビルでもあったのです。

入ってすぐの場所が、お目当ての木挽町広場です。中央には大きな提灯がつり下げられ、いやが上にも非日常感が高まります。あたりを見渡すと歌舞伎グッズのお店に和菓子屋さん。さらに海外からのお客さま向けの日本的なおみやげのお店などが並び、縁日のような楽しい雰囲気。さらに歩くと、壁ぎわにはお弁当屋さんやイートインのできるお店がたくさんあります。うどんやそば、それにコーヒーショップやベーカリーまであって、それぞれが「歌舞伎推し」。目移りしつつも、五階のカフェに行くことを考えてここは買いものだけにとどめなければ。まずは「ここで買わなきゃ」の『天乃屋の歌舞伎揚』。安定の味ですが、歌舞伎座ではおまけに『隈取《くまどり》ふせん』がついているのがうれしい。それからにんべんの商品で『だしおこげ』というお煎餅の醤油味と味噌味。こちらはカリカリ食感のお煎餅に、出汁《だし》が香ってすごくおいしかったです。

そして意外だったのが、歌舞伎座ベーカリーのパン。焼きたてにつられて『隈取キューブ』というクリームパンと『隈取エッグタルト』を購入したのですが、それぞれのパンの上に隈取のイラストが描かれたホワイトチョコのプレートが載っていて楽しい。「でもデザイン重視かも」と思って口に運ぶと、あにはからんや。クリームパンのパンはふわっふわで、中はきちんとバニラの香るカスタード。さらにエッグタルトに至っては、私好みの「タルトさくさく、中はとろり」タイプだったのです。あまりのおいしさに、ぺろりと完食。『隈取あんぱん』も買って帰ればよかった、と今さらながらに思います。

木挽町広場でぞんぶんに楽しんだあと、いよいよ五階にある寿月堂へ。こちらは創業が安政元年という(またしても!)、老舗の丸山海苔店が手がけた日本茶専門店です。お茶とお菓子のほかに軽食もおすすめだということで、『海苔のクリームパスタ』と『築地雛ちらしセット』を注文し、同行者とシェアすることにしました。パスタはもちもちの麺にクリーミーなソースがからみ、そこに別添えの海苔の風味がたなびいてとてもおいしかった。でも特筆すべきは、雛ちらしの具です。私が食べたときはマグロの角切りが中心でしたが、なんとそのマグロが、柚子胡椒《ゆずこしょう》を効かせた醬油ベースのタレで和えてあるのです。ぴりっとした中に柑橘のさわやかさがプラスされて、とてもおいしかった!　ちなみにパスタ、雛ちらしそれぞれに違う種類のお茶がつき、デザートはともに抹茶フィナンシエがついてくるのですが、こちらもびしっとバターが香り、お茶のほろ苦さとよく合っておいしかったです。

カフェを出たあと、寿月堂の販売コーナーでまたひとしきり悩みました。だって老舗おすすめのお茶と海苔が、これでもかと置いてあるのです。悩みに悩んで、今回は青海苔の香り立つ『こんとび』に決めました。後日この海苔で手巻き寿司をつくったら、ほんとうに香りがぷんと立ち、そのうえ口どけもよくて驚きました。海苔が、口の中でほどけるんですよ。

そしてさらに私を悩ませたのが、カフェのメニューにもあった『海苔と食べるシーフードサンド』の箱です。それが持ち帰り用も用意されているなんて。本日の摂取カロリーはとうに超えていますが、欲望にはあらがえません。ちなみに私はこの連載を始めてから急激におなか回りが成長しましたが、お肉とともに楽しい記憶も蓄積されているので、プラマイゼロのノーカロリーということにしておきます（@「サンドウィッチマン」の伊達みきおさん的理論）。

まず頰張ったのは、マグロとアボカドのサンドイッチ。マグロに柚子胡椒とアボカド、最後に海苔の香りがきゅっと締めてくれるのがいい。そう、このサンドイッチ、実はすべてに海苔がはさんであるのです。さすが海苔屋さんだな、と思うのはその海苔が「ずるっ」と出てこないこと。そしてウエットな食材と触れているのに歯切れがいいこと。

次に食べたのは海老とカニをタルタル状態にしたもの。これがすごーくおいしかった！　海苔との相性も最高で、いつかこれだけをたくさん食べたいなあ、と思うほどに好みです。さらに合間に食べるのはタマゴ。これ、『のりたま』ですね。安心の組み合わせで、優しい味。そして特筆すべきははんぺんのサンドイッチ。一見シンプルな「はんぺんとパン」なのですが、齧ってみるととても重層的な味がして驚きました。それもそのはず、はんぺんとパンの間には、明太マヨネーズ、しそ、海苔と三種類もの味が薄くはさんであったのです。食べ口もふわりと軽くて、これぞ大人のサンドイッチ、という気がしました。もちろん、軽いのでカロリーはゼロです。ザッツ、ジャパニーズマジック！

最後に私事でたいへん恐縮なのですが、十一月七日から一週間、銀座三越で和菓子屋の若旦那たちで結成された『本和菓衆』のみなさんが、拙著『アンと青春』に出てくるお菓子をつくってくださるイベントがあります。気分と足が向いたら、覗いてみてくださると嬉しいです（イベントは終了しました）。

追記・このイベントは、その後『アンと愛情』発刊の際にも銀座三越で開催していただきました。とてもおいしく楽しかったです。

21 プレデセール

料理が文化だということは、広く知られていると思います。しかしその中でもおやつは生命維持以外の部分、つまり余白であり余剰に当たる部分にあるので、より文化的な度合いが高い、エッセンシャルなものなのではないでしょうか。なんていきなり難しいことをいいだしたのは、そういうおやつを食べてきたからです。

それはESqUISSE CINq（エスキス サンク）の三種類から選べるデザートコース。そう、ここはフレンチのシェフ・パティシエが手がけたデセール専門店なのです。エスキスと聞いて「あれ？」と思ったあなたは鋭い。そう、実は和光の回でエスキスのパンが登場しているのです。それがものすごくおいしかったこともあって、今回のテ

ーマにさせていただいた次第。

そもそも、デセール専門店という存在が銀座っぽいなと思います。胃を満たすものではなく、時間をつぶすものでもなく、ただ純粋に余剰を楽しむ場、という気がするから。

エスキスサンクのデセールは基本的にコース仕立てになっていて、前菜にあたる『プレデセール』、メインにあたる『グランデセール』、そして食後のお茶とともに供されるお菓子としての『ミニャルディーズ』が出てきます。単品としても楽しむことができますが、今回は世界観を味わいたかったのでコースを注文しました。そうして出てきた一品目。プレデセールに、私はノックアウトされました。

見た目は小さなグラスデザートです。美しい層になったものの上に白い泡と緑の葉が載せられて、可憐な印象です。でもね、食べてみたらこれ、可憐じゃない。お酒、それもマールドシャンパーニュがつっときいていて、いっそワイルド。なのに下のほうに進むとやさしくひなびた味わいがあって「なにこれ!?」といった印象です。入っていたのは上からアニスヒソップの葉、シャンパーニュの泡、ぶどうのソルベ、柿のソース、バニラソース、サフランで戻した干しぶどうとレッドグローブ（ぶどう）の角切り。もうね、字だけだと謎でしょう？　でもね、食べると一体感がすごいんですよ。泡とソルベがとけて流れてソースと混じって、口の中は「おいしい秋のカクテル」状態に。縦軸のおいしさというのか、上から下に流れる時間のような概念すら感じました。

で、ですね。お気づきでしょうか。このデセール、ぶどうを四段階、複数品種にわたって使っているのです。まずマール ド シャンパーニュ、次にソルベ、干しぶどうに生の角切り。泡から液体、固体、乾物、原形と形を変え、時間の経過とともに移り変わるぶどうの「時」。それを鮮やかに表現しているように思えました。この小さなグラスのインパクトはほんとうにすごくて、食べながらぼうっとしてしまうほどでした。というのも、実は私、僭越《せんえつ》ながら自作の中で似たような概念のメニューを描いていたことがあるのです。それはラムで戻したサルタナ系の緑の干しぶどうをクリームチーズにまぜ込み、軽くトーストしたぶどうパンに載せ、貴腐《きふ》ワインを添えるといったもの。なのでイメージの近い、そしてより洗練されたメニューを食べることができて感動してしまったのです。だって貴腐ワインまでは思いついたけど、シャンパーニュまではたどり着かなかったんですよ！　シェフ・パティシエの成田一世さんは、すごいなあ。ちなみに生のぶどうはレッドグローブだったのですが、それもお菓子の甘さを超えないように考えて品種を選んだというこだわりよう。

プレデセールが個人的に刺さりすぎたのですが、メインのキャラメルの『スフレ』もとてもおいしかった。カウンター席を選んだので、目の前のオーブンでスフレが「ぷわっ」と膨らむところも見られて楽しかったし、ふっくらぷわんとしたスフレに、竹炭のソースとグレープフルーツのコンフィというほろ苦いコンビがよく合っていました。一点だけ注文をつけるなら、あのスフレ、もうちょっと大きくてもよかったな。もっと食べたかったから。

あと、視覚的にすごかったのが同行者の注文したグランデセールの『シュークル・トリュフ』。飴でつくられた金色に輝く丸い玉がお皿に鎮座していて、こつんと割ると中からトリュフの香り漂うマスカルポーネクリームが出てきます。デザートにトリュフというだけでも衝撃なのに、その飴ごと口に運ぶと、さらなる衝撃が。飴、めちゃくちゃ華奢。極薄。よくその形を保ってるな、と思うくらい薄い飴は、口の中でしゃりぱりんと儚く消えていきます。その快感。そして薄いからこそ控えられた甘さ。クリームと合わさってちょうどいい味になるよう、計算しつくされていました。さらにさらに、口に入れた瞬間にぶわっと香るコニャック。技巧の限りを尽くしながらも素材の味を尊重するデセールは、エルブジ+禅寺といった印象を受けました。

最後のミニャルディーズは『カヌレ』とバラの『マカロン』がすばらしくおいしか

った。特にカヌレは一つの生地が「カリ」から「とろり」へと段階によって食感が変化していて、焼成の妙を味わうことができました。

生きるためではない食べものへの、過剰な情熱。この華やかな余剰こそ、人を人たらしめる部分ではないかと私は思います。なぜなら、ヒトは遊ぶ生きものだから。楽しかったり美しかったり、カロリー的に正しくなくても舌の上ではおいしかったり。なくても生きていけるけど、あったほうが絶対に楽しい。

私は、おやつが好きです。

追記・エスキス サンクは二〇一九年二月に閉店しました。

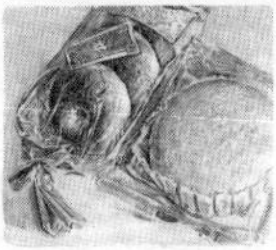

続おやつが好き

May 2019 ～ May 2020

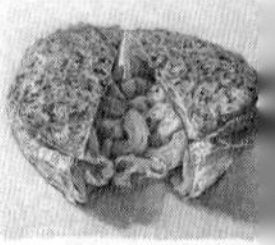

22 茂助だんご

串ものって、なんだかうきうきしませんか。普通にお皿にのっていたら「ふーん」というものも、串に刺したとたんに輝きはじめる。あのマジックは、なんなんでしょうね。だってそうじゃなきゃ、から揚げやきゅうりやポテトフライが串に刺さっている理由が見つかりません。おつまみやお弁当のおかずもピックに刺さっているとなんだかうれしいし、バーベキューやシャシリク（中央アジアふう串焼き肉）なんか血わき肉躍りますな。私が思うに、そこには原始の「うがー」と現代のファストフード的ジャンク感が混在しているのではないかと。まあ早い話が、串ものにはあらがいがたい魅力があるということです。

そして串ものおやつといえばだんご。茶店のファストフードでもあっただんごには、存外いろいろなバリエーションがあります。月見だんごのように串なしのものや、串ありだけどネギのぶつ切りのような形をしたもの（大阪でよく見かけます）。数も五体の五個から、三色の三個、お上品な二個までさまざま。ちなみに今回のテーマである『茂助だんご』は、甘いだんごは三個、しょっぱいだんごは四個でした。

ところで私、しょっぱいだんごがすごく好きでして。でもなかなか、これはというものに出合えないんですよね。醬油が多くてしょっぱすぎたり、焼きすぎて焦げがきつかったり、そもそもだんごそのものがおいしくなかったり。ていうかだんごの中で、しょっぱいのはちょっと冷遇されてませんかね。みたらし最強なのはわかりますが、適当なやつが多すぎる気がします。そんな中、茂助だんごの醬油は百点満点！　醬油は程よく焼き目も香ばしく、なによりだんごの生地そのものがおいしい。ぱつんと嚙み切れて、でも弾力があって、遠くに米の味を感じる。これだよこれ、と思いながらぱくぱく食べてしまいます。甘いだんごより一つ多くしてあるところも憎いですね。スナックとして食べたい気持ちをわかってもらえているような気がします。焼きおにぎりの遠い親戚のような、食事感のある醬油だんごをもりもり食べていると、「次の宿場町はいずこであろう」と心の素浪人がつぶやきます。

さらに茂助だんごがすてきなのは、餡ものもおいしいところ。特につぶ餡。実は私、普段はかなりのこし餡派。でも茂助だんごのつぶ餡は、すごくおいしいと思うのです。小豆のほくほく感と、ほどよい甘さにひとつまみの塩。豆の味が生かされた紫色の餡は、だんごに寄り添い、決して落ちません。だってよくありませんか？　つぶ餡のだんごの、餡が落下する問題。だんごの上にのっけただけ、みたいなだんごにありがちですが、茂助だんごは全体をくるんでいるのに落ちないんですよ。あと、餡だんごが三個というのも醬油だんごに引き続き「わかってる！」と思います。最初のひと口は絶対おいしくて、二口目で「ああ、これこれ」とうなずき、三口目で「甘いもの食べたなあ」と実感。これが四個だと、おいしくても消化試合というか、感動が薄れる気がします。そしてこし餡もとろとろの中にだんごがぷりぷりで当然のごとくおいしくて、「程よい、程よい」といいながら何本も食べてしまって……あれ？　素浪人、おなかいっぱいで次の宿場町に旅立つことができません。

気を取り直して、さらに茂助だんごの好きなところ。それは『すあま』を置いているところです。関東以外の方は「？」と思われるこのお菓子は、漢字で書くと「素甘」。上新粉と砂糖だけでできている、甘いお餅のようなものです。関東では紅白饅頭と同じような立ち位置で、お祝い事の際に紅白の対で配られることがあります。うす甘くてもっちりとしていて素朴極まりないすあまですが、これがおいしいお店は貴重です。だって風味は粉の香りだけ、味は薄い砂糖味だけなんですよ。なのに、茂助だんごのすあまはおいしいのです。とりわけすばらしいのが、もっちり感と歯切れのよさが共存しているところ。中華菓子の三不粘ではありませんが、「食べているときはもちもち。でも手にも器にもくっつかない」というところがすばらしいのです。ちなみに翌日でも湿気がしみださず、この状態が続いたことを拙者が報告いたす。

あと、いくらでも食べられそうで危険なのが『きび大福』。小ぶりの大福の皮には雑穀のきびが搗《つ》き込んであって、ぷちぷち楽しい。中はこし餡なので、ぷちぷちからのとろりもっちりといった食感の変化が楽しい一品です。これをもらったら、桃太郎じゃなくてもついていってしまうかも。あ、でも六個入りだから私が持って出ようかな。だれか、お供になりませんか。一緒においしいものを食べにいきましょう。

最後に、実は今回いちばん感動したのが『草餅』です。これがね、見た目は地味ですけどすごいんですよ。入れものの蓋を開けたら、ちゃんとよもぎが香るんです。正しくつくっているんだな、というのが香りだけでわかります。で、ぱくりとひと口。すごい。よもぎの繊維を餅の中に感じます。と同時に、口の中に広がるよもぎのすっとした香り。ああ、春の野原だ。そういえば私は小学生のころ、近所のよもぎを摘んで草餅をつくるという授業を体験したことがあります。犬や人の通らない場所でよもぎを探し、ぷちぷちと摘んだこと。それをすり鉢でごりごりすって、濃い緑のペーストにしたこと。指先が青くさかった。蒸し器からはしゅんしゅんと蒸気が吹き上がり、できた草餅は——。そう、こんな味でした。もちろん茂助だんごのほうが何十倍もおいしいのですが、正しい手順を経た味だな、と思わされるのです。そしてこの中のつぶ餡が、またもくもくしてておいしいんだ。甘さに癖がなくて、すごくいい。食べ終わったとき、口の中にほのかによもぎの香りが残るのは、餡の主張が控えめだからでしょうね。

というわけで戻って参りました「おやつが好き」。ここからまたしばらく、おつきあいいただけると拙者はうれしいで候。

23 銀座木村家

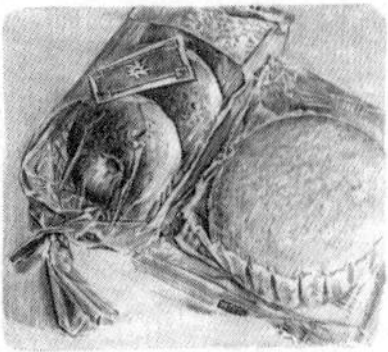

先日、デパートの地下食品街で木村家のあんぱんを買いました。「これでエッセイのネタは大丈夫」などと思っていたのですが、なんとびっくり。みなさん、あんぱんで有名な木村家は二つのお店に分かれているってご存じでしたか？　私は知りませんでした。

これは老舗にありがちなことだと思いますが、お店の歴史が長過ぎたり、会社として大きくなったりすると、どこかで暖簾《のれん》分けやカジュアル路線などお店の分割を戦略的に行うんですよね。木村家の場合はご姉弟で分けられたようで、お姉さんのほうは銀座を拠点とする焼きたてパンがメインの『銀座木村家』、弟さんのほうは百貨店やスーパー、コンビニなどの流通をメインとした『木村屋總本店』となっています。

というわけであらためて、双方のよさについて触れていきたいと思います。前述の『木村屋總本店』のあんぱんですが、「五色」にひかれて購入しました。ミニサイズのあんぱんが五個入ったセットで、しかも『季節のあんぱん』入りって聞いたら、買っちゃいますよね。

ちなみに内分けは『桜・小倉・あまおう苺・屋久島たんかん・黒ごま』。『桜』はいわゆる王道の「あんぱん」で、こしあんの甘さに桜の花の塩漬けが色を添える絶対的なおいしさ。『小倉』はつぶあんで、意外なことにこしあんよりもあっさりしていて、こちらが好きな人も多そう。『黒ごま』はほんのりバニラが効いていて、ごまの濃さをほどよく中和していて、おいしかった。でもですね、ここまではいわば一軍。安定かつ安牌《あんぱい》、「おいしいのはわかってるぞ」のラインナップ。問題は、このあとのふたつ。フルーツ系なわけですよ。だって『いちごあん（あまおう苺）』って、どうなんですか。そりゃあ苺とあんの相性は、苺大福によって立証されているわけだけど。でも、この場合白あんに苺ピューレが練り込まれていて、なおかつ外側はパンなわけで。

でも、ごめんなさい！　おいしかったです！　季節を待たずに、もう一個食べたかった！　だっていちごあんが、きちんと甘酸っぱかったんですよ。香りだけじゃなくて、きゅんとするくらい。それがやわらかな酒種パンの生地とよく合うこと。そして続く『屋久島たんかん』にもこの甘酸っぱさは健在。たんかんピール入りのあんは、ちょっと柚子に近いさわやかさで、こちらもおいしかったです。

実はもともと、私にとって銀座といえば『銀座木村家』。かの和光を差し置いても銀座といえばここ。だって銀座木村家の店先には、いつでも人が溢れているでしょう。国の内外を問わず、楽しそうにわいわいとあんぱんをはじめとするパンやお菓子を選ぶ人々。漂う焼きたてのパンの匂い。そのにぎわいと幸福そうな感じが、すごく好きなんです。

そも「あんぱん」という響きの優しいこと。やなせたかし先生の描いたヒーローも、それはそれは優しかった。酒種の甘い香りも優しくて、温かいものにはなんだかちょっと泣きたくなるような郷愁を覚えます。

創業が明治二年だとか明治天皇に献上されたとか、銀座の老舗的にいくらでも話題のある銀座木村家ですが、私はやっぱりあんぱんの持つ優しい雰囲気、優しい風景が大好きです。

ところで銀座木村家では、上のレストランでパンが食べ放題なのをご存じでしたか？　なにかお料理を頼むと、バスケットを持った方が何度も席を訪れてくれます。

買うかどうか悩んでいたパンの味見もできて、とてもいい。特に人参パンとオレンジピール入りのパンは、ほのかに甘くてとてもおいしかったです。

レストランの帰りについ買ってしまったのは、あんぱんのストラップ。揺らすとあんぱんがぱかりと開いて、中のあんが見えるのが可愛い。昔は社員の方はもらえたという噂を耳にしたのですが、本当なのでしょうか。真偽はあんこに包まれ、謎のままです。

二月に銀座木村家に立ち寄ったときには、珍しい商品が目につきました。『銀座カリースティック』という、黄色いパイ菓子です。なんでも『銀座カリー』の発売二十五周年イベントに関連した限定商品らしく、『銀座めぐるめ』というラベルが貼ってありました。

さっそく食べてみると、ものすごく好みの味でした。もともと私はしょっぱいパイ菓子に目がないのですが、みっしり詰まったパイの層といい、素材の素性がわかるシンプルな味といい、最高でした。バター！　チーズ！　小麦粉！　カレー！　みたいなストレートさが魅力的で、さくさく食べてしまいました。にしてもそれぞれの木村さん、どうしてこんなに限定ものの打率が高いのでしょうか。

翻《ひるがえ》って木村屋總本店はなじみ深く「いつもの」が多いブランドです。中でも私の大好物は、『むしケーキ』！　特に袋入りの『ジャンボむしケーキ』は、旅行や移動時にすごく重宝するんですよね。そこそこ日持ちがして、鞄の中でつぶれなくて（つぶれてもおいしくて）、食べごたえもあって、かつ、喉がつまらない。『むしケーキ』は、かなり高性能のモバイル食ではないでしょうか。これに対抗できるのはランチパック勢かなと思っているのですが、「優しい幸福感」において私の中では『むしケーキ』の一人勝ちです。旅で疲れて、知らない街の夜。小腹が減ったときに取り出すのは、朝からずっと一緒にいてくれた『むしケーキ』。ぽわっとした黄色い小山の安心感。ぱくりと頬張れば、卵の香りが広がり、甘さに癒されます。『ぐりとぐら』が大きな鍋で焼いたカステラって、きっとこんな感じだったんじゃないかな（ちなみに『むしケーキ』のミニサイズには、なぜか源氏香の『花散里』の焼き印が押してあります。これも私にとっては、甘い謎のひとつです）。

余談ですが二つの木村さんは仲がよく、双方のウェブサイトにそれぞれリンクがあるところも、私的な「ほっこり」ポイントだったりします。

24 マーロウ プリン

プリンって、日本語化した外来語の中で最高のヒット作じゃないかと思いませんか。名は体を表すというか、ぷるぷると揺れるイメージや、型から「ぷりんっ」と出る動きもぴったり。で、ですね。プリンです。プリンには「ぷりん」としていてほしい派の私です。いわゆる「固いプリン」派ですね。あ、でもとろとろも好きですよ。ただ、あれを食べていると「これはプリンではなく、クレームブリュレの下のほうのでは……」と不思議な気分になってしまいがちです。そして「とろとろに対する、パリパリでシャクシャクの層はどこだあっ⁉」ともなりがち。

マーロウのことは、以前から知っていました。湘南の海沿いのほうに、お洒落でおいしいプリンのお店があるらしい。でもってそのプリンは、なぜかビーカーに入っているると。そしてそのお店がギンザシックスにもあると聞いて、うきうきと買いに行きました。するとおお、ほんとうにプリンがビーカーに入っています。ん？　でも焼物のような容器入りもあるし、キャラクターとのコラボもある。ていうか、常時十五〜二十種類置いてるなんて、すごすぎです。私はうれしくもつらい選択のあと、いくつかをピックアップしました。が、重い。でもおいしいおやつのためなら、がんばります。

汗をかきながら持ち帰ったプリンは、少しずつ色々な味を知りたかったので人と分け合って食べました。リッツパーティーならぬプリンパーティーのはじまりです。まずは定番『カスタードプリン』。これがベースだと思ったので、容器のまま食べました。ハードな焼き目はなく、固めあっさりの食べ心地。底のカラメルはさらさらしていて、でも卵の味はきちんとする、とても落ち着く味でした。マーロウはもともと海沿いのレストランなので、食後のデザートとしてあっさりめにつくっているんだろうなと思ったり。ちなみにカップはクレイアニメの名作『ひつじのショーン』のもので、二〇一九の年号入りでした。記念にいいですね。

次からは分け合うためにお皿に出したのですが、これが大正解。そもそもマーロウはパンフレットにも「おいしい食べ方」としてお皿に出すことを推奨しています。その理由は自立する固さであることと、カラメルが上から全体にかかること。ごく当たり前のことだと思われるかもしれません。でもですね、これはほんとうにお皿に出したほうがおいしかった！

なぜならマーロウは、カラメルが潤沢《じゅんたく》に入っているから。よく考えれば当たり前のことですが、カラメルが底にあるプリンというのは、ひっくり返すのが前提のお菓子です。けれど私たちは通常、買ってきたプリンをカップのまま食べがち。そしてマーロウのプリンを同じようにして食べると、「ちょっと多いな」と感じます。それは、いくらおいしくても単調なカスタードの味に飽きるから。そしてその味に変化をつけるために、カラメルが入っているわけです。なので逆にすれば、ほろ苦いカラメルが最初のひと口になって飽きずに食べられます。というわけで、マーロウのプリンはお皿に出して召し上がることを私もおすすめいたします。

中でも『ラム・レーズンプリン』。これだけは絶対の絶対にひっくり返すべき案件です。なぜなら、下に沈んだレーズンがトップに来るから。そしてレーズンの食感があるので、クラフティのような味わいがあります。がっつりラムが効いていておいしいし、なによりレーズンとカラメルの相性がよくて、これはすばらしかった。

続いて『ウィスキープリン』。これはボウモアが入っていて、とてもいい香り。ビーカーのガラスに描かれた紳士にぴったりな大人の味です。ところでこの紳士は、マーロウの名前のもととなったフィリップ・マーロウですね。

フィリップ・マーロウはレイモンド・チャンドラーの名作『長いお別れ』に出てくる私立探偵で、映画ではハンフリー・ボガートが演じています。イラストは彼のイメージだと思うのですが、そういえばフィリップ・マーロウも海辺の街、西海岸にいますね。あ、ウイスキーも嗜《たしな》んでいましたっけ。

ところで日本における海沿いの街のプライベート・オプといえば、私的には『プロハンター』という昔のドラマに出てくるリュウ（草刈正雄）とカベチョロ（柴田恭兵）を思い出します。ちなみに最終回のタイトルはなんと『ロング・グッドバイ』！最終回に限らず、このドラマはタイトルがミステリへのオマージュになっていて、そういう点も好きでした。『南に消えた男』なんかはロアルド・ダールでしょうね。

というわけで、ラムとウイスキーをメインに選んだのは、ミステリ作家の端くれである私なりのセレクトです。なお、ラム・レーズンとウィスキーは年に二回、バレンタインと父の日の時期限定だそうなのでご注意を。

そして『エスプレッソプリン』はきちんとほろ苦く香り高く、さらに砂糖なしまであるというハードボイルド路線の傑作で、対する『ロイヤルミルクティープリン』はセーデルブレンドという北欧の紅茶の香りがよく、甘さ控えめでおいしかったです。ちなみにミルクティーは銀座店限定の、銀座の街並みが描かれたビーカー入りでそこもすてきです。

銀座店限定といえば、『ジャンドゥーヤ生チョコレート』。これは異色の問題作です。美濃焼のそばちょこ入りで、一見ほかのものより小ぶり。しかし食べると、プリンではなく生チョコそのもの。とんでもなく濃い。しかもべらぼうにうまい。しゃりしゃりするヘーゼルナッツペーストと、下のねっとりしたジャンドゥーヤの層が口の中にどわーっと広がります。これはもう、フレンチの最後に出てくるデセールの味。うますぎて濃すぎて、なんだか笑ってしまいそうです。市販の板チョコ二枚ぶん、和菓子なら三人前くらいの破壊力。

もしかして、フィリップ・マーロウなら食べきれるのかな?

25 瑞花〝うす揚〟

もともと、瑞花《ずいか》は好きだったんです。以前家の近くのショッピングセンターに出店していて、行くたびに季節の味を買っていたから。そこにはほかにも有名な米菓のお店があったのですが、わたしが選ぶのは瑞花ばかり。なぜかというと、理由は簡単。わたしがおかきにつられていたからです。

そこにいらっしゃった瑞花の販売員さんは、愛想もよかったのですが、なによりおいしいものが好きそうな人を見分ける能力がすごかった。その販売員さんはまず、お客さんが通路からお店に一歩入った時点で器に入った定番品の味見をすすめていました。しかしこれは出会い頭のジャブ。万人に行うことです。そしてそれが気に入ったり、あるいは「前にも買った」的なことがわかったりすると、次に本気のパンチが飛んできます。それは、新品の小袋を目の前で開けてくれるという豪気なスタイル。開けたてだから当然ぱりっぱりでおいしいし、季節の味も楽しめる。わたしはこの戦法にやられて、瑞花のファンになってしまったのです。たぶん、「この人はおいしいものが好きだな」と見破られていたのだと思います。その証拠に、時間を置いて訪問してもそのたびに「袋ばりーん」をしていただいたので……。

というわけで久しぶりに瑞花のおせんべいが食べたくなってショッピングセンターに行くと、なんとお店がいつの間にかなくなっていました。ショックです。販売員さんの好意に乗っかって、わたしがサービスのおせんべいを食べすぎたからでしょうか。悲しい気分で検索をかけると、なんと銀座にお店がありました。これもご縁と、さっそく買いに走った次第。

ところで瑞花といえば、なんといっても『うす揚』が有名です。これは極薄せんべいを油でからりと揚げてさまざまな味をつけたもので、見た目的には「タイ料理によくついてくるエビせん」が近いです。でもね、タイ料理のエビせんと決定的に違うのは、前者がでんぷんを主原料としているのに対して、こちらはうるち米だということ。どちらもおいしいですが、でんぷんが口中で水分を吸うともったりとするのに対して、うるち米は溶けます。いや、「瑞花の」が溶けるというべきか。

『うす揚』をじっと見ると、表面にまんべんなく気泡ができているのがわかります。それが口の中でしゃくぱしゃ、と砕ける。これはあれです。お餅を焼いたとき、ぷーっと膨れたいっちばん薄いところ。おはしで挟むとかしゃっと割れて、おつゆに入れるとぷわっと溶ける、あの部分。それをさらに極薄にして、たくさん気泡をつくっているから一瞬で溶けて消える。なにこれ。初めて食べたときはそう思いました。揚げてるはずなのに指に油がつかないし、胃もたれどころか食べたことを忘れそうな軽さ。

ごく個人的なジャンルとして「末期《まつご》まで食べていられそうなお菓子」というのがあるのですが、瑞花の『うす揚』はそれに確実にランクインします。歯が弱くても大丈夫で、口の中の水分も持っていかない。溶けるから喉につまらず、子どもからお年寄りまで安心。瑞花の回し者みたいないい方をしていますが、わたしが歳をとったときにも食べたいと心から思っているので、ご容赦を。

でも『うす揚』がすごいのは、そんな安心安定の側面とは別に、スパイシーなおつまみという顔も持っているところです。ちなみにわたしがいちばん好きなのは、通年商品の柚子こしょう味。ぴりっとして少し酸っぱくて、食べだしたら止まりません。あと、今年の季節の味のカレー味と枝豆味！　これ、レモンサワーと一緒にずーっと交互に食べていたい。お酒を飲まない方やお子さんなら、チーズ味と青のり風味とえび味が鉄板です。『うす揚』は食感もすばらしいですが、味つけもほんとうにすばらしいのです。おまけに値段も税込み三百八十八円（カレー味と枝豆味は四百三十二円）と、ワンコインですばらしい。もうホントおいしいので、どこかで見かけたらぜひ味見してみてください。

そして瑞花はおせんべい屋さんなので、当然『うす揚』以外の商品もあります。個人的に「揚げない『うす揚』」と呼んでいる『ごくうす焼』はあっさりぱりぱりでおいしいし、『ひび焼 醤油味』は厚みがあってごりがしゃっとした食べ心地がすてきです。中でも特にわたしが好きなのは『古木』。これは硬く焼き上げた塩味のおかきで、とても香ばしい！　ぼりんごりんかみながら、米菓の醍醐《だいご》味を味わうことができます。

余談ですが、わたしはおせんべいを食べたとき、奥歯のほうで砕けたせんべいが摩擦で熱を持つ感じが好きです。このとき、おいしいお米でつくられたものだと「米！」という主張が感じられるんですよね。瑞花のものはもちろん主張しまくりで、そこもうれしい。使い古されたいい方ではありますが、まさに「米どころ・新潟」と思わずにはいられません。

あと、袋に数種類のおかきが入ったシリーズもおいしいのですが、わたしのおすすめは『栞』！　薄い米菓を得意とする瑞花の中でも、薄さと味のバランスが完璧なシリーズです。五枚の極薄おかきが入っているのですが、その内訳は海苔、昆布、サラダ（二枚）と季節の味。そう、定番の小袋にさえ、瑞花は季節の味を入れてくるのです（今は七味醤油）。飽きようと思っても飽きさせない、手練の技を感じます。そして個人的なポイントは、その名前と形。だって『栞』ですよ？　本好きにとっては、買わずにはいられません。『栞』と冷たい玄米茶をわきに置いて、夏の読書。至福の時間がそこにはあります。読みながら夜になったら、『星あられ』もいいですね。星形のキュートな揚げおかきはシンプルな塩味なので、なんならそのままお酒に移行してもオッケー。

薄く軽くはかなく、でもおいしさは骨太。そんな瑞花の大ファンなのでした。

26 東京凮月堂 〃ゴーフル〃

子どものころから知っているけど、あえて自分では買わなかったお菓子ってありますよね。わたしは「銀座百点」でおやつの連載を始めてから、たびたびそういう昔なじみに再会しています。今回取り上げる東京凮月堂《ふうげつどう》の『ゴーフル』も、そう。
ちなみに直近で『ゴーフル』を食べたのは数年前。仕事で訪れた神戸のおみやげコーナーで、手のひらサイズの缶を買ったときです。そのときふと疑問に思ったのは「あれ？『凮月堂』ってあちこちにあるような？」でした。気になったので少し調べてみたところ、『凮月堂』という名前は和菓子洋菓子を問わず、一種の屋号として全国的に使われているようです。そして名前の由来は松平家の御用菓子商だった二代目

小倉喜右衛門が、松平定信から「凮月堂清白」という屋号を賜ったのがきっかけ。

――むむ、出たな松平家！　あ、お家騒動とかじゃなくてですね、和菓子について調べものをしていると、たびたびこの松平家が出てくるんですよ。

特に、松江が和菓子の都と呼ばれるようになった元である松平治郷《はるさと》。彼は茶人としても有名で、その号である「不昧《ふまい》」から「不昧公」と呼ばれ、今も松江の方々に愛されています。つまり彼の影響で松江では茶の湯が盛んになり、結果菓子文化が花開いたということ。なので和菓子や茶道の文献に、その名がよく登場するわけです。

閑話休題。そんな歴史ある『凮月堂』ですが、『ゴーフル』をつくっているお店は限られています。それは『東京凮月堂』『上野凮月堂』『神戸凮月堂』の三店です。食べる側として驚いたのはまず、この三店舗が別会社だということ。全店の『ゴーフル』を並べて食べ比べをしたことがないのでわかりませんが、正直、判別する自信がありません。だって焼き型、全部同じ柄じゃないですか……（泣）！

でも、おそらくわたしが日常的に口にしていたのは立地からみて『東京凮月堂』だったような気がします。

というわけで久しぶりに『ゴーフル』を買おうと銀座にあるお店におもむいたところ、季節商品を発見して驚きました。

「『ゴーフル』って、三色じゃなかったっけ？」

バニラとストロベリーとチョコ。アイスでもおなじみ味の三原色といってもいいくらいのド定番。わたしはアイスでも『ゴーフル』でもバニラを選びがちな保守派なので、より衝撃が大きかったようです。しかしよく見ると、味に変化のあるものはおしなべて小さい。そう、季節商品は「手のひらサイズの『ゴーフル』」こと『ゴーフレット』に限られていたのです。メインである『ゴーフル』は昔ながらの三原色のままで、なんだかちょっと安心。小さいサイズなら冒険しやすいよね、ということで二種類購入しました。

家に帰って、紅茶を入れます。ちなみに『ゴーフル』はわたしの中で炭酸煎餅の延長線上にあるので、ほうじ茶や玄米茶など和のお茶にも合わせがちです。子どものころは牛乳一択でしたけどね。

子ども時代を思い出したところで、確認のために古典的な『ゴーフル』から食べることにします。ああ、この顔みたいな大きさ。甘くて香ばしい香り。端からかじりつくと口の中でぱりしゃく、と砕けます。バニラはどこまでも優しく甘くて、でもしっかり焼いてある生地がそれを上手にいなしていて、バランスがよい。チョコレートはコクがあって、ストロベリーはいい香り。ぱりんしゃくしゃく、ぱりんしゃくしゃくと食べていると、いつしかぼうっと無心になっていきます。おいしいな。甘いな。優しいな。『ゴーフル』を割って食べると、この境地には到達しません。丸のまま、リスのように食べること。それがわたしの『ゴーフル道』であります。

そしていよいよ問題の『ゴーフレット』。手のひらサイズは丸ごと食べてもぼうっとしないし、お客さまにも出しやすいサイズ。まずは「白桃」の封を開けると、ふわりと桃の香りが漂います。実はわたし、人工的な桃の香りが苦手なのですが、こちらはさわやかでとてもおいしかった。続く「レモン」ですが、これが個人的に大ヒット！　甘酸っぱくて、暑い時期にはぴったりの味だったからです。

さらに期間限定つながりで買ってみた『レモンラングドシャ』。こちらはバターたっぷりのラングドシャでレモン風味のチョコレートをサンドしたもの。リッチな味わいなので、コーヒーが合いそうなおいしさでした。

伏兵だったのは『パピヨット』のバニラ。こちらはラングドシャをくるくる巻いたもので、わかりやすく表現するとヨックモックの『シガール』と同系統のお菓子です。そんな見た目だったので、ちょっとナメていたんです。「よくある味なんだろうな」って。

でも、違った。『シガール』が「カリさく」なのに対して、『パピヨット』は「さくほろ……」なんですよ。リッチなバター感とほどよい甘さは同じでも、食感がとにかくやわらかい。口の中でほろほろほどける。あまりにおいしくて、一気に三本も食べてしまいました。これは子どもからお年寄りまでひとを選ばず超おすすめ！『パピヨット』、ほんとうにおいしいのでぜひもっと知れ渡ってほしいです。

あと、これはすごいと思ったのが『ゴーフル』の賞味期限。これが、なんと百日もあるんですよ。こんなにおいしいのに日持ちもするなんて、びっくりです。これはぜひ回転備蓄用として、常に買っておかなければ。もし災害があってライフラインが止まっても、あの甘くて大きな丸いお菓子をかじったら、心が落ち着きそうな気がしませんか。

あ、そういえばわたし、同じ理由でビスコとリッツの缶も買ってあるのでした。備蓄しまくりのリスみたいですが、もうなんか、いろいろ大丈夫ですね、きっと（↑ホントに⁉）。

27 菊廼舎本店 〃冨貴寄〃

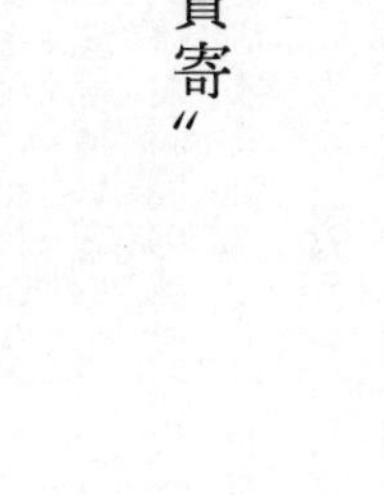

日本料理に『吹き寄せ』という名前の献立があります。それは秋風に吹かれて集まった色とりどりの木の葉を模した料理で、銀杏《ぎんなん》や松茸《まつたけ》をはじめとした秋の味覚が詰め込まれた、目にも麗しい一皿です。そしてその『吹き寄せ』は、なんと同じ名前で和菓子の世界にも存在しているのです。

和菓子の場合は干菓子や焼き菓子と金平糖などを取り合わせる凝ったものが多いのですが、上生菓子でも同じ名前のものが出ています。その場合は紅葉を模して小さな木の葉型に抜いた羊羹《ようかん》を貼りつけたり、松葉型の雲平《うんぺい》と銀杏《いちょう》型の練り切りを合わせたりと、やはり凝ったデザインになります。というのも、そもそも吹き寄せにはこれと

いった定型がありません。なぜなら「秋風に吹き寄せられた木の葉や実」が元のイメージなので、仕上がりは職人さんによって異なるわけです。つまり吹き寄せは、日本料理や和菓子の中でもひときわデザイン性の高いメニューだということもできるわけです。

古典的なものはその意匠と同じく秋に限定販売されますが、このデザイン性を究極にまで高め、吹き寄せられたものを新しい解釈で通年販売しているお店があります。それが銀座 菊廼舎《きくのや》本店です。

もうね、先にいってしまいますが、これはギフトとしての完成度がほんとうに高いんです。まず包み紙がきれいで、さらに缶がまたきれい。その上、蓋を開けたらこれがもう……！　小さなクッキーに金平糖にお花型のミニ落雁《らくがん》に、色とりどりの砂糖菓子が「吹き寄せ」られていて、たまらないかわいさです。お菓子の好き嫌いとか、和洋の好みとか、もうそういうことは全部置いといて、とりあえず全年齢対象で「わあーっ」ってなります。それほど、開けた瞬間の感動が大きいんです。

ちなみに菊廼舎の吹き寄せは、そのままの字だと秋を意味してしまうので通年向けに『冨貴寄』といい換えてあります。しかしながら、こちらの『冨貴寄』にも季節はあります。春夏秋冬、それぞれにかわいいデザインが用意されている上、なんと薄い雲平にメッセージまで入れられるというすばらしさ。しかもそのお値段が百八円というあたり、小心者の私は感動してしまいますね。だって銀座の一等地でメッセージを入れて百八円ですむものなんて思いつきますか？　私はオリジナルのデザインでメッセージを入れていただいたのですが、これがまたかわいくて、ずっと食べられずに手元に置いてあります。もうホント、ギフトとして百点満点なのです。

ギフトとして、見た目のすばらしさはよくわかったけど肝心の味はどうなんだい？と心の中のご隠居が口を出してきました。そうですね。お菓子である以上、デザイン性と同じくらい、いえそれ以上に味が大事です。

それがねえ、危険なんですよ。だってたとえば、かわいいからって金平糖を一つつまむじゃないですか。そうすると「あれ？　味がついてる」ってなるんです。普通だったら色が違っても全部砂糖の味、っていうパターンが多いのに、なんと色によって味が違うんです。青はサイダー、緑はメロン、ピンクはピーチ、黄色はレモン、紫はブドウ、白は薄荷《はっか》。ともかく全部、違うんですよ。

それに気づくと「これは何味？」と考えながらかりこり食べてしまう。となると、ベースとして大量に入っている親指の先くらいのぼうろというか和風クッキーみたいなものがぜん気になってきます。ひょうたん形と丸形の二種類あるのですが、当然メインはプレーン。口に放り込むと、小さいのにかっちり甘い。その甘さで、もともとこれはお茶席用のお菓子だったのだと気づかされます。でもってこちらはプレーンにはじまり、白ごま黒ごま芥子の実抹茶青のり、黒糖赤紫蘇《しそ》ピーナッツと、呪文のように種類が多い。

さらにびっくりなのは、表面に並べられた平焼きの甘いおせんべい。こちらのピンクは、赤紫蘇かと思いきやなんとイチゴミルク味！　さらにさらに右上に配置された、謎の紅白の三角形。これこそただの砂糖の固まりだと思ってかじったところ、口にたなびく清涼感。そう、謎の三角は薄荷糖だったのです。もう、いちいち味が違うものだから結局気になってずーっと食べてしまいます。『富貴寄』、ほんとうに危険なお菓子です。

個人的に好きだったのは砂糖衣をかけた落花生と黒豆でした。ぱりしゃくっとした砂糖衣がこくのある豆によく合っているのですが、この衣もまた豆によって違うものがかかっているんですよ。落花生は黒糖がけのクリーム色で、黒豆は粉砂糖系の純白。あ、ちなみに屋号の『菊』『廼』『舎』が刻印された落雁もこくのある味で（なんと小豆粉だそうです）、もう、どこまで細かくつくっているのかと驚きまくりです。菊廼舎、おそろしい子……！

ところで、菊廼舎は店舗限定で『揚げまんじゅう』も出しています。それはこしあんにマカダミアナッツの衣をつけたものなのですが、これがまた危険きわまりない。揚げまんじゅうにこしあんを採用してるあたり「わかってるな」という感じなのですが、それにかりっとしてコクのあるナッツが合わさると、二つくらいペロッといけるんですよ。ホントに（私的には）超危険！

店舗限定といえば、菊廼舎は季節の上生菓子も出しています。この季節だと、銀座の一大イベントであるお茶会「銀茶会」用の『素風《そふう》』。白と柿色の練り切りを交差させている秋らしいお菓子なのですが、一点、金箔《きんぱく》が置かれています。これは二色の練り切りを道路に見立て、文字どおり交差点を表したもの。そして金箔の場所は、銀座四丁目の交差点近くにあるコアビル。つまり菊廼舎のある位置を示しています。

きれいなだけではなく、どこまでも一手間加えようという菊廼舎の心意気が感じられるお菓子たち。これからもたくさんの人の寿《ことほ》ぎの瞬間に立ち会っていってほしいものです。

28 ザ・パイホール・ロサンゼルス

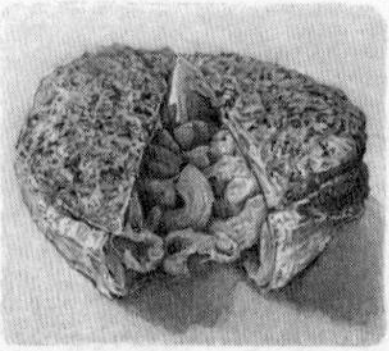

初めて告白しますが、パイがものすごく好きです。それもしょっぱい系の、いわゆるセイボリーパイと呼ばれるものが。

きっかけは、国語の教科書に載っていた『ピザ・パイの歌』というお話。その中で、初めて食べたピザに魅了されたおじいさんの描写がとにかく印象的で、「ピザパイ(当時はこの表記だったような)＝すばらしくおいしいもの」という刷り込みがわたしの中にできてしまったのです。

ところでこの「ピザパイ」という一語には、実は文化の変遷が詰まっています。というのも「ピザ」はご存じのとおりイタリアの料理名で、「パイ」はイギリスの言葉です。現代の日本人なら「ピザはパイではない」と多くの人が思うでしょう。ではなぜその二語が合体したのか。答えは、そこにアメリカがはさまるからです。まず最初にイタリア系移民が新天地アメリカでイタリアンレストランを開き、手軽でおいしいピザがヒットする。そしてアメリカにおいて小麦粉でつくった生地になにかを載せたり包んだりした料理はパイと呼ばれがち。というわけで「ピザってパイ料理だね」と周知され「ピザパイ」という言葉が誕生。それが第二次世界大戦によるアメリカ文化流入のころに日本にも広がる。しかしその後イタリア料理がメジャーになるにつれ、アメリカ本国でも日本でも「パイ」が取れ、「ピザ／ピッツァ」になったという流れです。どっとはらい。

で、ピザパイですよ。小さいころ、パン屋さんのアップルパイは知っていたし、ピザはケチャップとチーズっぽい味のものだとも知っていました。でも、ピザがパイに！　さくさくパリパリの上に、チーズが？　それどんな食べもの⁉　って気になったんですよね。あと、英米の児童文学でよく「パイ」が登場していたのも欲求をそそりました。そして念願かなって食べたピザパイは、鉄皿に載った「パイじゃないけどおいしいなにか」でした。なのでわたしは思ったのです。「ほんとうのしょっぱくておいしいパイ、食べてみたいな」と。後年、その「しょっぱい」が「セイボリー」と呼ばれていることを知りました。

前置きが長くなりましたが、というわけで今回はアメリカのカリフォルニア生まれで、セイボリーパイの豊富なザ・パイホール・ロサンゼルスのパイです。

まず、見た目が最高でした。プリンカップに蓋をしたような形のパイを見た瞬間、「これだよ！」と思いました。わたしにとってのセイボリーパイは、イギリスのポークパイのような蓋つきでモバイル性重視のイメージがあったからです。しかしメニューの名前を見た瞬間に、違う意味で大興奮。『マックアンドチーズ』と『チキン&コーンブレッド』。おわかりでしょうか。アメリカの郷土料理感炸裂《さくれつ》です。『マックアンドチーズ』は、読んで字のごとくマカロニをチーズで和えた料理で、アメリカではインスタント食品レベルに身近な料理です。「和えるだけミックス」みたいな箱も見たことがあります。それをパイに詰めるということは、「好きなもの詰めちゃった」or「ママのリメイクメニュー」のイメージでしょう。しかも炭水化物on炭水化物で、朴《ぼく》訥《とつ》な雰囲気。なのに、食べてみるととても上品な味なんです。塩が控えめでチーズの味と香りで勝負していて、でもくどくなくて絶妙のバランス。「重いかな」という予想は、味とともに軽々と裏切られてしまいました。外側についたカリカリのパン粉も小気味よく、単調になりがちな部分を食感で補っています。ちなみにこれ、断面がすごいのでぜひカットして召し上がっていただきたいです。『チキン&コーンブレッド』は、チキンブロスにピメントが効いていて、とてもいい香り。ほぐしたチキンの旨味をコーンブレッドが吸って、じわっとおいしかったです。

この二つのパイを食べて、わたしは「外国」を感じました。というのも、日本のスナックって、かなり塩気が強いと常々思っていたからです。でもザ・パイホール・ロサンゼルスのパイは、しょっぱくない。素材の味がじわっとするパターンで、塩気を好む人が食べたら「ぼんやりした味だな」と思うくらいに淡いのです。まだ外国が遠い場所だったころ、よく大人が「外国の料理は大味で」といっているのを聞きました。今思うに、それってこの素材を生かした味のことを指していたんじゃないかなあ。欧米とくるのは乱暴ですが、少なくともイギリスやアメリカではしょっぱくないからたくさん食べられて、料理のサイズが大きい傾向があるように思うのです。そしてわたしはそんな素材味が結構好き。

さてここからは甘い系。基本はやはり『マムズアップルクランブル』。「アメリカのAはアップルのA」というくらい、アメリカを象徴するパイです。上のクランブルがほろっと甘くて、中のリンゴは甘すぎずにしっとりジューシー。シナモンも控えめで優しく、子どもから年配の方までだれが食べても絶対おいしい安心の味です。『キャラメルチョコレートカフェ』はほろ苦いコーヒームースにとろとろチョコが載った、とても繊細でどこか日本的なパイです。いちばん下に薄く敷かれたキャラメルの層とパイ生地に潜んでいる塩が、見事な対比を奏でます。

甘い系でいちばん好きだったのは『キーライムパイ』。普通のライムと違って苦味のないキーライムの果汁とコンデンスミルクでつくるフィリングは、きれいなクリーム色。その上にゆるめの甘くない生クリームが流され、生地はグラハムっぽい濃い茶色で塩の粒が見え隠れしています。この三層を同時に口に運ぶと、すごい勢いで下から上に味が昇っていきます。ザクザク塩→甘酸っぱきゅーん→生クリームであと味とろん。このコンビネーションはすごい。あっという間に食べきってしまい、しばし呆《ぼう》然《ぜん》。ものすごく、おいしかった……！　わたしの中の「パイ＝おいしいもの」を完璧な形で肯定してくれたザ・パイホール・ロサンゼルス。また絶対に行きます。

29 銀座みゆき館 〝和栗のモンブラン〟

昨年の秋、うわさを耳にしました。

「銀座みゆき館の、『和栗のモンブラン』はおいしいよ。新栗はこの季節だけの、お楽しみだよ」と。

しかしながらそのときの私は、先鋭的なほどの栗純粋派。栗と砂糖だけで構成された中津川系の栗きんとんをこよなく愛し、次点で葛《くず》と小麦粉や片栗粉をつなぎにした「ほぼ栗」の栗蒸し羊羹などの和菓子を買い込んでいました。ちなみに洋菓子の場合、栗度は下がるものの、おいしさを追求するという意味で東京會舘の『マロンシャンテリー』のような「栗+クリーム」という単純さを愛しています。

そんな私に、銀座百点の編集者さんがささやいたのです。

「坂木さん。銀座みゆき館のモンブランはですね、坂木さんがお好きな『土台がない』タイプなんですよ……」

ここで説明させていただきますと、「土台」とはムース系のケーキやモンブランの底に配置されているスポンジケーキのこと（パフェの中の角切りケーキ類もこれに含む）です。私はそういうケーキを食べるたびに「土台はいらねえ……」と思ってしまうのです。だってムースもマロンクリームもパフェも、なめらかな口どけだけを味わいたいのです。とろとろを求めているのに、もさもさやもかもかはいらないのです。ムースやクリームを自立させるためだけの、土台としてのケーキ部分は避けて通りたいのです。そしてもしどうしてもというなら、それはとろとろに対比してカリカリかサクサクであってほしいのです。

その確証を得るべく、私はアマゾンの奥地——ではなく銀座みゆき館のケーキファクトリーへ向かいました。

お店に行ってみると、モンブラン以外にもおいしそうなケーキがたくさん並んでいました。カフェでは提供していない、ケーキファクトリー限定の商品もあるそうなのでいくつか購入。まずは当然、『和栗のモンブラン』です。フォークを入れると、すとんとした感触で思わず首をかしげます。これって、和菓子と似ているような。不思議に思いながら食べてみると、理由がわかりました。このマロンペーストには洋酒やクリームを練り込んだねっちりさがなく、栗と砂糖の和菓子に近いさらさら感があるのです。おお、これは栗度が高いと食べ進めてゆくと、中心に濃いめの生クリームが出現。さらりほっくりのマロンペーストに、こってりだけど甘さ控えめの生クリームが、ものすごく合います。そして下のほうには、かしっと焼き締められたメレンゲが。上のクリームと一緒に口に入れると、とろりさくりほわり、と口の中で消えていきます。

上に湿り気があるものが載っているのに、さくほわっとはかなく溶けるメレンゲ。これは私の理想のモンブランの下部です。ああもう、ほんとうにおいしい。

（これだよ、これ！）

これはほかのケーキもおいしいに違いない。そう思って次に手を出したのは『アナイス』。クリームチーズのムースの中に、ベリーが隠れているところまでは型どおりなのですが、中心からバターの効いたクッキークランチが出現したのには驚きました。ベリーの酸味とバターのコク、やわらかいムースとさくさくのクランチ。これはレアチーズケーキの下に敷かれているグラハム&バターの進化系なのでは。いやあ、これもおいしい。

続いて『キャラメルサレ』。これはねえ、もう見た目がずるい。タルト台にナッツ風味のチョコムースが載り、さらにその上部にムースで縁取られた円があり、その中にはなんと、とろとろのキャラメルソースが満々と湛《たた》えられているのです。フォークを入れた瞬間、そのソースがケーキにとろりと流れ込み、ただでさえ濃いチョコムースが大変なことに。そしてこの中心にもまた、かりっとした塩味のヘーゼルナッツが射込まれているのです。しかもよく嚙んでみると、ナッツだけではなくチョコがけしたクレープフレークの食感までします。とろとろキャラメルにこってりムース、塩気の効いたナッツとクリスピーなフレーク。おいしい。すごくおいしいのですが、これはカロリーの魔物なのでは。とはいえ、キャラメル風呂で溺れるなら後悔はありません。

それにしても、この「中心に射込まれたシリーズ」の完成度はすばらしい。銀座みゆき館のパティシエが繰り出す「とろり&さくさく」に私はやられっぱなしです。

気を取り直して、中心のなさそうなものにも手を伸ばしてみます。

『ほうじ茶プリン』はきちんとほうじ茶の風味が感じられて、これは万人におすすめできる味。『ガトーショコラ』は鼻血が出そうに濃くて、こちらもまたおいしい。

しかしなにげない雰囲気の「いつものケーキ」群の中において、異彩を放っていたのが『ミルクレープ』です。見た目はごく普通。とはいえ、私の好きな「土台のない」タイプで、上から下までちゃんと「クレープ＋クリーム」の層が貫かれています。しかし口に入れてみると、ふわんとキルシュが香るのです。生クリームはあえて濃いめのチョイスで、それがお酒とがっつり組み合ってものすごくおいしい。これ、肌寒い夕方に熱々のコーヒーと一緒に出されたら、居酒屋で出すのと同じうめき声をあげる自信があります。この『ミルクレープ』、ほんとうに好きです。

ところで、銀座みゆき館は食パンも販売していることをご存じでしょうか。カフェで出すパンはしっとりもっちりのお布団触感。自分でスライスしたところ、不器用ゆえとんでもない厚切りになってしまったのですが、それはそれで幸せでした。とろけるバターに、ハニーナッツでもあったら完璧だったかもしれません。

余談ですが、銀座みゆき館と私は同い年。これからもおいしいケーキを食べて応援したいと思った次第です。

30 銀座文明堂

カステラに、これといった思い入れはありませんでした。まあおいしいけど、あったら食べるけど、自分からは買わない。子どものころによく出してもらったけど、正直もそもそっとして、もっとはっきりいえばショートケーキのほうがよかった。なんて私が、カステラに対して失礼な態度を取り続けていた私が、ごく最近ものすごい勢いでカステラを買っています。それははっきりいうと、赤井学さんと野崎潤さんのせいです。

なぜいきなり個人名⁉ と驚かせてしまい申し訳ありません。実はこのお二方は、私の購入したカステラを焼いた方々です。職人さんの名前入りなんて、さぞお高いカステラを買ったんでしょうね。ならおいしくて当然では？　そう思われた方もいるでしょう。それは半分はずれで半分当たりです。なぜなら赤井さんのカステラは千円台で、野崎さんのものは六千円台だからです。でもこれが、どっちもほんとうにおいしかったんですよ！

ところで、関東で育った私にとって、カステラといえば銀座の文明堂。幼少期からテレビのコマーシャルで刷り込まれた「カステラ一番、電話は二番、三時のおやつは文明堂♪」はしっかり頭に刻まれております。でもカステラって、ほぼ思い出の中のおやつだなあ。なんて思っていたら、見るんですよ最近。あちこちであのかわいい子グマ（？）の着ぐるみキャラを。しかも『おやつカステラ』なんてかわいいパッケージで、二切れ入りとかちょうどいい量で、「元気が出るよ」なんて書いてあったら……買うしかないじゃないですか。で、久しぶりに食べました。意外だったのは、思い出の中よりおいしかったこと。そしてなにより、原材料が少なかったこと。鶏卵、砂糖、小麦粉、水飴、蜂蜜。油脂すら使わず、たった五つの材料でこんなにおいしいものができるなんて。ちょっとびっくりしました。

「もしかして、カステラも進化してるのかな」

そこで、あらためて銀座にあるお店に行ってみました。すると、ほんとうに種類が増えていたのです。まず最初に目を引いたのは『特撰ハニーかすてら吟匠《ぎんしょう》』。説明を読むと、かろやかな口どけを目指した、文明堂でいちばんやわらかいカステラなのだそう。

「これは、私のようにもさもさが苦手な人のために、開発されたのでは――!?」

しかもそのお値段、千六百二十円。瞬時に購入決定です。「この上ないコクとしっとり感」の『特撰五三カステラ』にも心ひかれたのですが、次に買うものは決まっていました。それはかつて銀座の店舗限定だった『天下文明カステラ』(現在はオンラインショップでも購入可能)。こちらがなんと、六千円台の商品です。詳しくいうなら、六千四百八十円。ひと竿《さお》のカステラに、六千四百八十円です。好奇心は猫を殺すということわざがありますが、私は己の好奇心からお財布を殺してしまいそうです。ちなみにいちばん値段が高いカステラは『希翔《きしょう》』で、七千百二十八円。烏骨鶏《うこっけい》の卵のみを使用した、文明堂で最高峰のカステラだそうです。それも食べてみたかったのですが、もうお財布が虫の息だったので次回に持ち越しです。

家に帰って、まずは『吟匠』を開けてみます。紙箱を開けると同時に、カステラ特有のほわんと甘い香りが漂います。ああ、そうそう。洋風の焼き菓子と違って、バターやバニラの香りがないんだった。蜂蜜と卵と底の焼き目の、シンプルな香り。この香り、ちょっと瓦煎餅《かわら》を思い出します。構成要素が一緒なので当たり前なのかもしれませんが、南蛮渡来のカステラも和菓子の仲間なんだな、と歴史に想いを馳せてみたり。懐かしい気分になりつつ、温めた包丁で切ってみます。うん、確かに柔らかい。でもそれは「ふわっふわ」ではなく「ふかふか」といった程度。これでほんとうに口どけがいいのかな？　と疑いながら口に運んでみると。

「ん？　なんかおいしい。でも普通？　いやちょっとおいしい。ザラメ糖しゃりしゃりしておいしい。蜂蜜いい匂い。ヤサシー……。ああ、確かに喉に詰まらない。パクパクいけるねこれは。うんうん、もうちょっと食べちゃおうかな」

おわかりでしょうか。これはこの連載を通じて何度も味わってきたあの感覚。きちんとした材料でていねいにつくられたものは、派手なおいしさで攻めてこないというパターン「地味だが滋味で止まらない」です。さらに『吟匠』においては「お茶が必要でない＝ついつい食べが可能」という恐ろしい図式が！　そしてその恐るべきカステラの箱の中には、赤井学さんからの「自信を持って焼き上げました」というメッセージが入っています。うんうん、おいしいです赤井さん。まさに匠の技。ちなみに『吟匠』は、購入時に紙箱か桐箱かを選ぶことができます。良心的。

さて、いよいよ『天下文明』に挑《いど》むときが来ました。もれなく桐箱入りで、さらにこれを焼くことができる職人さんが三人しかいないとの話を聞いてしまい、緊張は高まるばかり。値段に負けておいしいなんていうものか。桐箱からそうっと出し、二度見。なんとこちらは職人さんの名前が、本体に焼印で押してあるのです！　そっと切る。ふわふわ。色は卵の多い『吟匠』よりも、自然なクリーム色。

はくり。……ヤサシー……。

これ、ずーっと食べていたい。ぼんやりほくほく食べていたい。もう、油脂とかクリームいらない。これを食べると普通のカステラの焼き目の匂いすら気になってしまう。それくらい、香りも優しい。ぐりとぐらのあのカステラの最上級品なのかもしれない。ああ、これからつらいときは『天下文明』を食べよう。買えるように、頑張って働こう。そのときはまた、お願いします。野崎潤さん。

というわけでカステラにはまってしまい、最近は『吟匠』をちょくちょく食べています。ヤサシー！　ヤサシー！（Ⓒジェントルメン中村先生）

31 銀座わしたショップ本店

心が引っかかる土地というものがあります。そんなにたくさんの場所を旅してきたわけではないのに、なぜか「ここだ」と思ってしまうようなところ。好みだとか向いているとかそういう理由を差しおいて、心を地図にピンで留められたような、そんな場所。私にとっては、それが沖縄です。

初めて沖縄に行ったのは小学生のころで、覚えているのはタクシーの運転手さんが何気なくM&M'Sの小袋をくれたことと、いかにも「アメリカ！」なレストランでランチを食べたこと。その後映画『海燕ジョーの奇跡』や上條淳士の『ＳＥＸ』などに触れたおかげで、私の中の沖縄は長らくアメリカンでワイルドでちょっと黄昏《たそがれ》、みたいなイメージで定着していました。

しかし大学生になったころ、先輩に誘われて行った西表島《いりおもて》でそれがどかんと覆《くつがえ》ります。日本なのにジャングル？　という衝撃。マングローブの木といくつもの川。カヌーでさかのぼって訪れる滝。私は八重山の魅力に取り憑《つ》かれてしまいました。そして食方面でも、また。ちなみにこちらの「琉球」な沖縄は、池上永一作品で補完されております（マジックリアリズム系で極端！）。

前置きが長くなりましたが、そんなわけで今回は銀座わしたショップ本店に行ってきました。さっそくお店に入ると、まず向かうのは軽食処のパーラー。今回は数量限定の『軟骨ソーキそば（ミニ）』と沖縄風炊き込みご飯の『じゅーしーおにぎり』を注文しました。ちなみに沖縄における「そば」とは、小麦粉でできた麺が豚とカツオと昆布の出汁が合わさった汁に入っている、日本そばとはまったくの別物の料理です。これを「そば」と呼ぶかどうかという議論も一時期あったようですが、個人的にはラーメンを「中華そば」と呼んでいたんだからいいのでは、と思いながら啜《すす》ります。カツオがぷんと香る汁は、口にすると豚のコクが感じられて滋味。上に載った軟骨ソーキは甘辛くとろとろに煮込まれて、あっさりした汁とベストマッチ。じゅーしーは豚肉やひじき、それにかまぼこなんかが炊き込まれていてしみじみおいしい。ほかにもゆし豆腐というふるふるの豆腐や、生もずく、フーチバー（よもぎ）を載せたそばがあってどれにしようかものすごく悩みます。あと、忘れちゃいけない天ぷら。いえ、『沖縄風天ぷら』です。

そば同様、天ぷらもまた沖縄ではちょっと違います。メインは魚やイカ、それにもずくや野菜など。衣は厚めで、しっかり味がついているのが特徴です。そしてなによりポイントが高いのは、これが「おやつ」のカテゴリーに入ることです。沖縄、しょっぱいおやつに寛容なところもまたすばらしい！

ところで私は練りものが好きなんですが、沖縄は練りもの天国でもあります。沖縄そばには必ずかまぼこが入り、たらし揚げやちぎり天といった「ひょいぱく」サイズの練りものはスナック寄りなので、私の中では完ぺきにおやつに分類されています。さらに練りもの好きにおすすめしたいのは、おにぎりをかまぼこの生地で包んだ『おにぎりかまぼこ』。おかずとご飯が究極合体していて、ある意味完全食品です。

軽食の話が続いたので、今度は沖縄の甘味について語らせてください。サーターアンダギーやちんすこうなど有名なものも多いので、今回は焦点を絞って「ジミー祭り」を開催したいと思います。

ジミーというのは、一九五六年創業のいかにも「アメリカ！」なイメージのグロサリー&ベイクショップです。創業者の稲嶺盛保《いなみねせいほう》さんの「アメリカの豊かな食文化を届けたい」という言葉を体現するように、ジミーのお菓子はどれも「たっぷり」としています。中でも有名なのはマフィンで、とにかく大きい。

「え。超甘そう。絶対大味でしょ、これ」

うんうん、わかります。私も初めて見たときはそんなふうに思いました。しかしですね、このマフィン、食べてみるとびっくり。軽いんです。ほわほわのほろほろで、「もう絶対食べきれな——あれ?」という感じに食べ終わってしまいます。私はこのマフィン、軽く温めてアメリカンコーヒーやストレートの紅茶とともに朝食にすることが多いです。特にキャラメルとプレーンが好きで、いつも食べたいけどそうそう手に入らない辛さよ。

しかしですね、そんなすばらしいジミーのマフィンにも唯一の欠点があります。それは、東京ではバラ売りがないということ。ジミーのネットショップでもマフィンはセット販売ですし、しょうがないのかもしれませんが、そこはわしたショップに頑張ってもらいたかった! なぜなら、マフィンセットは基本的に八個入りで、箱がでかい&重いんですよ……。そして材料が正しいゆえ、賞味期限も二週間と短め。果たして十四日以内に食べきれるのか、私。そもそもジミーのお菓子は、マフィン以外も賞味期限が短めなんですよ。なのに目の前にはマフィンのほかにバナナケーキにジャーマンボックス（ココナッツ&チョコのケーキ）にパウンドケーキが！　いつも悩みすぎて、いっそ沖縄に住みたいと思ったりします。だって旅行で行くと、うらやましいんですよ。ためらいもなくホールのアップルパイの箱を何個も積み上げてる、地元の方。お友だちになって、おうちによばれるとか無理かなあ（無理です）。

でもジミーには、賞味期限長めのおいしいものもあります。それは『スーパークッキー』。ごってごてにチョコやナッツの入った、ソフトタイプのチャンキークッキーです。ゴツゴツボリボリしてる食感も最高なのですが、甘さも絶妙で、ときどきレーズンやクランベリーの酸味がくるところがまた好きです。これもまた「たっぷり」としていて、このクッキー一枚（というより一塊）あるだけで、ティータイムが完結するところも好きです。

好きすぎて、自作の小説の舞台にもしてしまった沖縄。これからもずっと応援しています。

32 清月堂本店〝おとし文〟

寂しさについて、よく考えます。特に理由もなく、ただふっと影が差すような寂しさについて。不幸ではなく、不満もない。だからだれにどうともいえない。なのに背中がそくりと寒い。うっすらとした不安。これが濃くなると、ちょっとやっかいなやつ。

そんなとき、救ってくれるのはやっぱりおやつです。選ぶのは、口当たりがよくてどこか懐かしいもの。極論をいえば、たまごボーロで泣きたい。でも大人だし仕事もするし、ちょびっと食べごたえもほしい。こういうときにぴったりなのはそう、清月堂本店の『おとし文』なのです。

こちらの『おとし文』は、緑の葉をくるりと巻いたデザインの上生菓子ではなく、黄身餡をこし餡で包んで蒸した、蒸し菓子です。「蒸す」っていいですよね。湯気を思い出すと、なんだか落ち着きます。『おとし文』はエージレス包装でパッケージされたお菓子ですが、そのおかげで保存料不使用なのに二十日程度日持ちがします。ぼんやりと落ち込んでいるときには「すぐ食べて！」のメッセージすらつらいので、これはほんとうにありがたい。

凍える外から帰り、とにかく熱い紅茶を入れて『おとし文』を開けます。外側はこし餡の茶色で、とても朴訥《ぼくとつ》な見た目。サイズはウェブサイトに「二口菓子」と書いてあるように小ぶりで、口に入れるとほろほろ崩れる。その感触が優しくて、たまらない。うん、いろいろあるよ。いいことも悪いことも、大切なこともどうでもいいことも。さらさらと溶けるこし餡。流れていく。いいことへの羨《うらや》みも、悪いことへの羨みも。黄身餡のこくのある甘さが、私を私に引き戻します。とろり。別にいいじゃないか。寂しさは、悪じゃない。紅茶をごくり。口に残るのは、こし餡のさらさらとした感触。波が退《ひ》いたあとの砂浜のように、いつしか私の心のささくれはまっさらにならされていました。

元気になったら、季節替わりが楽しい『旬のおとし文』を食べます。一月はりんご。

濃い青の地にりんごが描かれたパッケージが、ものすごくかわいいです。こちらは白餡でりんご風味の餡を包んでいるのですが、白い中心にピンクの餡がのぞいてまたかわいい。ぱくりと頬張ると、シナモンがふわりと香ります。ああ、これはアップルシナモンフレーバー！　りんごの甘酸っぱさが、こくのある黄身餡とベストマッチです。これはダージリンを合わせたいな。サイズ感が最高なので、ついつい二つ食べてしまうところが罪なお菓子です。『旬の』シリーズは四個入りの箱がかわいいので、先方の負担にならない手みやげにもぴったりです。そしてそのお値段、なんと税込六百四十八円！　落ち込んだときに余計な出費をしないですむという点でも、『おとし文』は最高に優しいおやつといえましょう。

あと、これは絶対にだれかにあげたいと思うのが『あいさつ最中』！　こちらは握手をしている手がハート形に見えるというかわいらしい最中なのですが、箱が、なんとパンダなのですよ……！　しかも前脚がぴょこんと出ていて、ほんとうにかわいい。ちなみに中は大粒大納言のつぶ餡で、小さくてもかっちり甘くて、食べると元気になれる気がします。

だれかのことを考えはじめたら、復活した証拠。同じ「ほろり」系統でも、さらに元気の出る銀座十石のおにぎりを買いに行きましょう。なんとこちらのおにぎりは

「一度も、握らない」ことで有名なのです。握り寿司のごはんがほろりと口でほどけるように、海苔でそっと包むだけで成型されたおにぎり。しかも銀座十石は築地市場に仕込み場を設けているので、素材から料理への距離が近い。さらにそれを銀座で売っているのだから、もはやこのおにぎりは私の口までドアtoドア。おいしくないわけがないのです。

まずは安定の『いか刺し明太』をぱくり。甘みがあってもちもちしたいかに、明太子の辛みがよく合います。紫蘇の香りとともに食べ進めると、下のほうに白ゴマが待ちかまえてくれているのもうれしい。ごはんはもっちり硬めで嚙みしめるほどにおいしい。新潟県産新之助の腰の強さよ。

続けて『焼きおむすびチーズ』は、だしみりん系のうまみが攻めてきます。しょっぱ過ぎない絶妙な醬油使いに、癖のないチーズがコクをプラスしていい感じ。銀座十石のおにぎりは「冷めてもおいしい」を想定しているそうですが、これに限ってはちょっと温めると最高です。

そして『とってきのつなまよ』、これは一見地味な味です。なぜなら、化学調味料の味がしないから。ツナが自然な味で、マヨネーズ部分も手づくりっぽい味がします。でもこれ、誠実な調理ゆえにいくらでもいけるパターンですね。危険です！

『玄米ひじき』は、ゴマと玄米で無限プチプチを楽しむことができます。梅風味のきゅんとした味もさわやかで、これずっと噛んでいたいな……。

さあいよいよここへ来ての鮭。それも普通のほうじゃなく、『昔ながらの辛口紅鮭』。しょっぱいシャケとごはん&海苔のマリアージュが半端ない。化学調味料なし。添加物なし。どストレートのおいしさは、やはり強いです。

さあ、ラストを飾るのは私一押しの『焼きたらこ』。これが、いやもうほんとうにうまい！　ポイントは「生じゃないのに硬くない」ことと「ほぐし身である」こと。焼き過ぎたたらこって、冷めると余計硬くなりますよね。あのきしっとしただ円形も嫌いじゃないけれど、銀座十石のたらこはしっとりほろりとして、塩加減がこれまた絶妙。それが上から下まで目一杯入っているのだから、魚卵好きにはたまりません。

もちもちごはん、ほろほろたらこ、海苔。どうしてこんなにおいしいんだろう。食べているうちに、元気がむくむく湧いてきます。

あれ。もしかして私、お腹が空いて悲しかったのかな。まあいいか。そういうことに、しておきましょう。寂しさは、おやつで優しくいなすこと。

33 グランメゾン『ロオジエ』

お菓子がいっぱいに詰まった引き出しがあるんですよ。そんな言葉に誘われて、ヘンゼルとグレーテルのようにふわふわと銀座へおもむきました。パンくずは落としませんでしたが、同じ通りにある空也をのぞいたら生菓子が残っていたので迷わず購入。お菓子を提げてお菓子を食べに行くという、シュールな状態にあいなりました。

そのお店の前には、クラシカルな制服を着たドアマンが立っています。真っ白な壁にブロンズの扉。ぼんやり見上げていると、銀座百点の編集長が「行きましょう」と声をかけてくれました。そう、これは連載を二年続けてきたわたしへのご褒美《ほうび》。銀座が誇るグランメゾン『ロオジエ』へのご招待だったのです。

この連載をお読みの方はご存じかと思うのですが、わたしは子どもっぽい味覚の持ち主です。なのでええと、三つ星レストランは正直緊張します。挙動不審になります。身の丈に合わなすぎて、いっそ笑いがこみ上げてきます。なんですかね、こういうのってどうして年齢が戻るんですかね。もうじゅうぶんすぎるくらい大人なのに、いきなり「お城みたーい！」って子どもの自分が顔を出すのは。しかしそんなわたしにサービスの方々は優しくテーブルを引き、クッションを差し出してくれます。すると子どもなので、あっという間に懐柔されます。うん、ここはきれいでいいところ。

お料理は、それはもう夢のように美しかったです。アミューズのホタテのムースは親指の爪くらいのサイズなのに、きちんと海の味がするし、ニンジンのサブレにはクミンがぴっと効いている。お花畑のような野菜の上に注ぎ込まれる玉ねぎのスープはとろんとろんに甘くて、なのに底に潜ませた極小の角切りコールラビがカリカリとした歯ごたえを残す。

「おいしいねえ、きれいだねえ」

楽しく食べ進んでいると、不意に目の前に不思議な形の料理が差し出されます。ペパーミントグリーンのこんもりとした泡。半球状のそれに小さな葉っぱが点々と貼り付けられて、これは一体なんの味がするんだろう？　答えは、クレソンの泡で包まれた三種の貝と生雲丹《うに》の一皿でした。そしてこれ、すさまじくおいしかった。それぞれの貝から出た汁を集めて煮詰めてジュレにして、半生以上全煮え未満という絶妙な火加減で加熱した身を包む。さらにそこにカレーのアクセントの効いたクリームが潜んでいて、なにこれおいしい。貝って、こんなにぷつっと嚙み切れるものだったっけ。潮の味とクリームのとろとろ感に、ふっと柑橘の風が吹く。クレソンの泡はほのかに青苦くて、なんだかこれは海辺の追憶。潮風に吹かれる海岸の草と、その向こうにある波打ち際。それは子どものころの海辺なのか、あるいは青春期に見た水平線か。

メインのハタも仔牛《こうし》もおいしかったけど、お皿いっぱいに食べたいと思ったのは仔牛のガルニチュール（つけ合わせ）だった冬野菜と魚沼産コシヒカリ『雪椿』。これは黒トリュフ入りのお米を敷いた上に、バターでぴかぴかに輝いた小さな野菜たちが菜園のように盛りつけられたひと品。野菜とは思えないこってりとしたコクに、硬めに炊かれたお米がとても合います。うう、おいしい。わたしはここの野菜づかいが好きになってしまいました。

シェフのオリヴィエ・シェニョンさんは繊細なデザインでドラマティックな料理をつくる人です。それは前菜の時点でわかってはいたのですが、デザートになるとその繊細さが爆発します。プレ デセールに出された一口サイズのメレンゲのカップ。その中には、各種ベリーが花かごのように盛りつけられています。湿気《しけ》ないうちにと口に入れれば、メレンゲがかしゅっと砕け、ベリーの果汁がじゅっと広がります。甘酸っぱくて、超おいしい！　グリオットチェリーのマカロンはこより状のチョコレートでへたがつくってあってこれまたかわいいし、季節のデセールであるイチゴのヴァリエーションはイチゴや野イチゴを取り合わせた上からウイスキー風味のソースをかけるという凝《こ》りよう。添えられたソルベはイチゴと清涼感のあるシトロンヴェールで、こんなに大人っぽいイチゴのデザートは、初めて食べました。

そしていよいよ、おやつ好きにとってのメインイベント。お菓子の引き出しがついたワゴンがやってきます。

「お好きなものを、お好きなだけどうぞ」

なんだろうここ天国かな。ざっと見るだけでも各種キャラメル、トリュフチョコ、ヌガー、チョコがけマシュマロ、パートドフリュイ、アーモンド入りのクロッカンにラズベリーのギモーヴ、チョコがけドライジンジャー、薄いガラスみたいな飴に、クッキー各種。そして嗚呼、引き出しはなんと二つもあって、その中には四種類のショコラが鎮座ましましています。なんて美しい。夢の引き出し！

心を落ち着かせるためにレモングラスのハーブティーを頼みます。そしたらまたこれが、すきっとさわやかでたまらない。さて、なにを頼みましょうか。上から「全部！」っていってみる？　それとも「チョコもの全部！」？　でも、あれ……おかしいな。なんかお腹がいってます。

「もう、二～三個でいいですよー」

そうです。なんとものすごく残念なことに、ここまでの料理とデセールで、私の胃袋は臨界点を迎えていたのです。そこで涙をこらえつつ、どうしても食べてみたかったラムレーズンサンドとトリュフチョコ、それに生キャラメルとイチゴのクッキーをお願いしました。

――もうね、全部おいしかったです。イチゴのクッキーはコンフィの果肉が甘酸っぱくてたまらないし、ラムレーズンとトリュフはお酒がつっと効いてる。生キャラメルは体温でてろてろ溶けていって、しかも味が四種類。

この夢、覚めないままお腹が空くまでとっておくことはできないのかな。

34 ローズベーカリー

恋に落ちてしまいました。

その名はローズベーカリー。イギリス人のローズさんが始められたカフェで、「ベーカリー」はパン屋さんではなく「ベイク（焼く）」のほうを意味します。ああローズ。大好きだローズ。焦がれているよローズ。

最初は、ただのおしゃれで健康によさそうなカフェとしか思っていませんでした。ヴィーガンとかベジプレートとか、そういう単語を聞いて「おいしいのかも知れないけど、腹持ちは悪そうだな」なんて失礼なことを思うほどに。なのでとりあえず品数の多そうな『ハイティー』をメニューから選びました。

けれど運ばれてきたのは、素朴な木製のスタンドに盛られまくったお菓子たち。その数、実に九品。全部食べたらフルコース並みにお腹が一杯になりました。おしゃれっぽいからって、なめててすまん。しかもそれが全部、ええもう全部おいしかったのです。ケーキ類はもちろん、びっくりしたのはオープンサンド。下のパンが焼き立てでぱりっとしていて、なのに上のアボカドディップやツナのペーストはきんと冷えて玉ねぎの角が立っているのです。さらに当たり前のようにキッシュはバターじゅわじゅわで野菜メインなのにものすごい食べごたえがあり、スコーンはホカホカでさっくり。フルーツのコンポートはひんやり甘く冷えていて、なにこの完成度。すべてが「食べるべき温度」に整えられ、同時にサーブされる。これはもう、その手間がごちそうではないでしょうか。

飲みものは『ジンジャー』を選んだのですが、これがまた「たっぷりの生姜《しょうが》にお湯を注いだだけ」というストロングスタイルで二度びっくり。なのにそれがおいしいんだ。おいしすぎて目からうろこで、すぐに翌日家でもまねしてしまいました。

お菓子はもう、どれもこれもおいしかったのですが、白眉は『ジンジャーチョコレートケーキ』でした。だってチョコに生姜って。いや、チョコがけの生姜の砂糖漬けとかあるか、などと思いながらフォークを入れると、不思議な手ごたえ。ねっちりせずに、すとんと切れる。そのまま口に運ぶと、チョコのコクと生姜のさわやかさがすごく合っていておいしい。でもさらにおいしく感じたのは、その食感。さくりほろりとして、いっさい喉につかえない。ブラウニー系のケーキで、こんなことが可能なんだろうか？　お店の方に尋ねてみると、それはコーンミールを使っているからですよと教えてくれました。

コーンミール‼　この瞬間、私はローズと恋に落ちました。というのも、実は私はトウモロコシの粉でできたものが大好物だからです。トルティーヤ、ポレンタ、そしてアメリカのソウルフードであるコーンブレッド！　たまに同じ名前でコーンの粒が入っているだけのパンを見るとがっかりして崩れ落ちるほどに、私はコーンミールが好きなのです。そして『ジンジャーチョコレートケーキ』のあの食感は、小麦粉特有のグルテンによる「ねっちり」を感じないあのほろり感は、まさにコーンミール特有のものでした。そしてよく見れば、ローズベーカリーにはコーンミールを使ったお菓子がたくさんあります。『レモンポレンタケーキ』に『ココアオレンジポレンタケーキ』、その上『コーンミールクッキー』まである！　ここは私の天国ですか。ざくほろ食感と、喉に詰まらない粉もののパラダイス。そうか、グルテンフリーってこういう側面もあったんですね。

あとですね、個人的に憧れだった『ヴィクトリアケーキ』があるのもポイントが高いです。子どものころに読んだイギリスの物語や絵本で目にしたけれど、身近にはなかったお菓子。ガラスのケーキケースに入っているのが似合う、ショートケーキの元祖のようなケーキ。基本はスポンジケーキの間にジャムを挟んだシンプルなものですが、ローズのそれはクリームも挟まれていてこれまた美味。『アーモンドケーキ』や『シナモンスワールケーキ』は一見地味なパウンドケーキ系だけど、食べるとそのしみじみとしたおいしさにびっくりします。なんていうか、ローズのケーキはどれもすごくまっすぐでシンプルなおいしさなんです。だからいつでも、何度でも食べたいと思う。飽きのこないおいしさの見本のような存在です。

そうそう「ローズベーカリーといえばこれ」、の『キャロットケーキ』も忘れてはいけません。円筒形のトップにぶ厚いクリームチーズの層を載せた特徴的なフォルム。どこからフォークを入れようか悩みながら口に運ぶと、ニンジンとクルミと粉がほろほろぼろぼろとほどけます。素朴で自然な甘さが、しみじみおいしい。けれどその上にバニラの効いたクリームチーズが、ガツンとコクを与えにきます。「油脂！　カロリー！　ヨシ！」みたいなパワープレーがたまりません。なるほど、これは癖になる……。

さらに『パンケーキ』。これもまた素朴なパンケーキで、生地そのものがおいしい、私好みのぺらんとしてもちっとしたタイプです。それに添えられているのはメープルシロップとハイティーにもついていたフルーツのコンポート。このシロップにパンケーキをしみしみさせて食べると、またすごく幸せになれるんですよ。

これまで、こんなになにを食べてもぴたっとくるお店はありませんでした。自分にとっておいしすぎて、翌週すぐに再訪してしまったほどです。連載の最後にローズベーカリーに出合えて、よかった。

ローズ、私の薔薇《ばら》。どうか末長くこの銀座で花開いていてください。

ではでは、いつかまたどこかのお店でお会いしましょう。そのときまで、どうぞお健《すこ》やかに！

おやつ雑文集

勝手に和菓子普及委員会

遅まきながら、齢四十にして和菓子の魅力に気がつきました。

きっかけは、自著のための取材。もちろんそれまでも和菓子を口にしてはいたものの、それはただ味覚を満たすためだけのものでした。けれど調べてみて、和菓子の世界の奥深さに驚きました。名前の意味。意匠。歴史。それらが渾然一体《こんぜんいったい》となって、あの小さな甘いものの中に詰まっている。

茶道を嗜《たしな》む方から見れば、何を今さらといったことでしょう。けれど、不調法者の私にとって、それは確かに発見でした。

「ねえねえ、源氏物語に出てくるお菓子が今も食べられるんですよ！」と編集さんに詰めより、「光琳デザインの和菓子があるって、知ってる？」と得意げに語っては、

「おはぎの名前って、何個もあるんですよ！」と読者の皆さんに吹聴した。

知ることはとにかく楽しく、そして知った後は、もっとおいしくなる。それが、私にとっての和菓子。

と、ここまではいいのです。感動したし、おいしいと思うから、最近はそれなりの頻度で上生菓子を買うことも多くなった。けれどここで、大雑把《おおざっぱ》な性格が顔を出す。

えーと、お皿。綺麗な小皿に載せて、黒文字とか添えたいけど、ないや。じゃあ醤油皿にフォークでいいか。次はお茶だな。緑茶はお湯を冷ました方がいいんだっけ——ええい、面倒だ。熱湯入れちゃえ。お、そういえばこないだ、抹茶も買ってみたんだよ。でも茶筅《ちゃせん》とかないし、容器に入れて青汁みたいにシェイクすればできるかな。

……なんかこう、全方位的に申し訳ありません。つくり手の方に失礼過ぎます。でもね、こんな風に食べたって、和菓子はおいしいです。だってやっぱり、これはただのお菓子。蘊蓄《うんちく》以前に、おいしくなければ現代まで生き残ってこなかったはずのものだと思います。

だから敷居が高いとか思わずに、多くの人に気軽に食べてほしい。干菓子はコーヒーに合わせると最高だし、温泉饅頭（特に黒糖）にはきつめのダージリンがいい感じ。あと案外、古い時代のお菓子にはジャスミンティーが合います。椿餅や*清浄歓喜団《せいじょうかんきだん》なんて、緑茶じゃ負けるでしょう。そして最後に、缶入りの水ようかん。あれは夜中、冷蔵庫に寄りかかっての立ち食いが正式な作法と心得ますが、いかがか。

以上、『勝手に和菓子普及委員会』からの提案でした。

＊奈良時代に遣唐使が日本に伝えた唐菓子。七種類の香を練り込んだ餡を生地に包み、胡麻油で揚げたもので、京都の亀屋清永が製造する。

甘美なここち〜勝手に和菓子普及委員会・上生菓子編〜

上生菓子という言葉を知ったのは、実は人生的にはわりと最近のことです。しかし小説の題材に和菓子を選び、それを調べていくうちに、魅力に取りつかれてしまいました。

自然の風景を写し取る職人の技術。名前に込められた言葉遊び。平安時代から存在する定番菓子。和菓子は、食べられる文化遺産といっても過言ではありません。さらに砂糖が伝来したシュガー・ロードを辿れば日本史どころか世界史の勉強までできるというおまけ付き。でもなによりよかったのは、ミステリーに使いやすい要素が満載だったということです。

作中でも書いた話ですが、小豆の仕上がりに関して「腹切り」[*1]、糯米《もちごめ》を「半殺し」[*2]にするなど、和菓子には単語だけでも面白いものがたくさんあります。さらにフォーチュンクッキーが中華菓子ではなく、『辻占《つじうら》』という名で江戸時代に売られていたことも驚きなら、その売り場が岡場所をはじめとする歓楽街だったことにも驚きました。お腹や舌のためではなく、「今日の運勢」を買う娯楽としての菓子。それはとても粋で、小説に使いやすいものだったのです。

けれど取材していて驚いたのは、きちんと作られた上生菓子のおいしさです。お店に足を運んで朝生[*3]を買って食べたとき、今まで自分が食べていた上生菓子とはあまりに味わいが違うので首をかしげました。和菓子って、みんな小豆と砂糖で出来ているはずなのに、なんでこんなに違うんだろう？

おそらくですが、家で食べていたものはみな、時間が経っていたのです。母が買って友人のおばさまと食べた残りや、お仏壇から下げられたもの。あるいは、お坊さんが手をつけられずに帰ったあとのもの。近年では、外で手土産としていただいてから家で夜食べるといったタイムラグのあるものも。

賞味期限内とはいえ、時間が経って水分が飛んだ上生菓子がおいしいわけがありません。それに比べて、出来てから最短の時間で口に入れた上生菓子のなんとジューシーなこと！　水分をたっぷり含んだ餡は舌の上でゆるやかにとろけ、せせらぎのように喉を滑り落ちます。日本料理は水の料理だとよく言いますが、和菓子もまた同じなのだと痛感しました。

中でも衝撃的だったのは、作ってすぐのお菓子を食べたときです。口溶けにこだわる店主が、さらしにさらした餡。それを中心にしてそぼろをまぶしたお菓子。形としてはよくあるものですが、まず黒文字の入り方が違いました。いつもなら「くん」とあるはずの手応えがなく、「すとん」。おかしいなと思いながら適当に刺すと、うまく刺せない。おそろしくもろいお菓子なのだと気づいてそっと口に運ぶと、舌の上で餡が一瞬にして崩壊。感触としては「どしゃっ」。せせらぎどころか、激流が押し寄せてきました。なので呑みました。上生菓子を「呑んだ」のはあれが人生で初めての経験でした。

「ああ、上生菓子は『なまもの』なんだなあ」

情報として知っていただけのことを、しみじみと実感した出来事です。

なのでもし機会があれば、時間の経っていない上生菓子を食べてみて欲しいのです。たとえばお昼頃のお菓子は、まだフレッシュです。それをランチのデザートに、ぱくりとやっつけてみるのはいかがでしょうか。上生菓子は、一つからでも買うことができます。お値段だって、大体ケーキの半分くらい。口に含めばしっとりと水分を含んだ餡に「おっ」と思うこと請け合いです。

とはいえ、水分量の多いお菓子だけがすべてではありません。上生菓子には、もちもちとしておいしいものや、果実や木の実で食感に変化を加えたもの、さらには餡を焦がして風味をつけたものなどもあります。

あ、個人的には黄身餡で白小豆の餡を包んだものとか、好きですね。ほろりさらり、がおいしいです。

「とはいえ、ぜんぶあんこでしょ」

と言っていたのはかつての私です。今となっては「何を言っとるんじゃあ！」と後頭部をはたいてやりたいところですが、同じように思っている方のために、ひと言。

「ゼリーっぽいのもありますし、小麦粉クレープで包んだものも、フルーティなものもあります！

なにより、出来立ては超おいしいので、とにかく一度食べてみてください！」

以上、『勝手に和菓子普及委員会』からお伝えいたしました。

＊1　腹切り　小豆の皮が割れて中身が出ること。
＊2　半殺し　糯米の粒を半分ほど残して餅をつくことから、おはぎの意。粒を残さずつく餅は「皆殺し」という。
＊3　朝生《あさなま》　その日に売り切るように、朝作られる菓子。

甘い系乾きもの菓子頂上決戦

『和菓子のアン』という小説を書いて以来、和菓子関係の原稿の依頼が増えました。さぞ詳しいでしょう、お好きなんでしょうと思われているのです。しかしですね、実は私、そこまで和菓子に詳しくありません。どころかむしろ、本を書くにあたって初めてきちんと調べたくらいのにわかっぷり。でもとりあえず食べることは大好きだし、お菓子は甘いのもしょっぱいのもわけへだてなく愛しております。とはいえ裾野を広げるとどこまでも行ってしまいそうなので、今回は甘い系乾きもの菓子の頂上決戦ということでひとつお願いいたします。

ところで好きな食べ物について真面目に語ろうとすると、本当に難しいですね。なぜなら結局は温度湿度体調など、外的要因に舌を含む身体が左右されるからです。ということを踏まえた上で「これ」と出すなら、やはり「ど」がつくほどの定番にならざるを得ません。つまり、いつ食べても大体「おいしい！」と感じるもの。

まずは和の横綱。これは以前もどこかに書いたのですが、両口屋是清の『二人静』。紅白に色分けされた半球形の和三盆糖が、くす玉よろしく合わさっている可愛い打ち出し菓子です。キャンディ状に和紙でくるまれた姿も愛らしく、いつどこで誰とどうやって食べてもおいしい、個人的５Ｗ１Ｈに堪えうるお菓子だと断言できます。

『二人静』がなんでそんなにオールマイティなのかと問われると、それはもうこのお菓子が「ほぼ砂糖」だからです。香料や油脂を使わず、研いだ和三盆糖を絶妙の口どけになるよう固めただけのシンプルな菓子。

「じゃあ砂糖をそのまま舐めてればいいだろう」と思われるかもしれません。でも不思議なことに、砂糖は菓子ではありません。でも「ほぼ砂糖」の『二人静』は菓子です。このあわいにこそ「菓子とは何ぞや」みたいな命題が横たわっているようなないような。ここ、深く掘るとお話が一つ書けてしまいそうな部分なので今回は掘らずにおきますね。たぶん、食の歴史と文化人類学と民俗学あたりがからまってくるはずなので、面白いテーマではあるんですけど。

あ、そういえば小さな半球を二粒という絶妙なサイズ感も好きです。「もうちょっと食べたい」気持ちを上手にいなしてくれる優しさ。口に入れるとひんやり冷たく、するする溶けていく感じも良くて、これはもう想像ですが、自分が最期の瞬間にも食べられる唯一のお菓子はこれなんじゃないかと。

ちなみに私は、このお菓子をずっと「ふたりしずか」だと誤解したまま大人になりました。初めてこれを自分のお金で買おうと店頭に赴《おもむ》いたとき「大好きなんですよ、ふたりしずか！」と言い放った私に、お店のお姉さんはとても優しかったとです……。あとこれは完全な余談ですが、私は小さい頃、この丸い箱を裁縫道具入れだと思い込んでました。なんか色々、思い込みの多いお菓子です。

閑話休題。翻って、洋の横綱。これはウエストのドライケーキ類です。ここのマカダミアン、バタークッキー、サブレストは私の思い描く「夢の焼き菓子」そのものです。粉がものすごくきめ細かくて、バターの風味はきちんとするのに、指に一切油脂を残さない。さくりと噛んだとき、口の中ではさあっと粉がほどけるのに、口元でぼろぼろと崩壊はしない。甘さのなかにほんのり塩が効いていて、食べ飽きない。残りの人生、クッキーはこれだけで過ごせと言われてもたぶん私は大丈夫です。あと、お高そうに見えて、実は二枚入りってところも好感が持てますね。いやホント、おいしい。クッキーとか避けたい夏に食べても（特に塩の効いたマカダミアンは）おいしい。

素晴らしいです。

番外として、スーパーで買える横綱も書いておきましょうか。和の方は越後製菓の『ふんわり名人　きなこ餅』。有名ですが、やっぱりあの口どけは飽きません。どこまでも優しいしゅわしゅわは、悲しいときに食べてもきちんとおいしかったです。こちらはきなこを飛び散らかし、指先を舐めながら食べるのが正しい作法かと。

洋は『マクビティ』シリーズの『ミルクチョコレート』。全粒粉でざくざく食感のビスケットに、口どけのいいチョコレートが片面だけついているところが好きです。味のバランスが良くて、やはりいつでもおいしいなあと感じます。『マクビティ』シリーズはプレーンもバニラサンドもおいしいので、非常食として買い置きしてたりもします。いや、非常食は言いわけかな。

あ、あとお土産というか地方菓子にも大好きなものがありました！　六花亭の『いつか来た道』は、マルメロのゼリーが入ったクリームを、さくさくのパイ生地で挟んだお菓子ですが、これが甘酸っぱくておいしい！　ていうか私、このお菓子以外でマルメロという果実を口にしないのですが、皆さんはどうですか？　マルメロ、普段から食べてます……？

ちなみに六花亭は乳製品の豊富な北海道という土地柄らしく、和と洋のジャンルが曖昧で、「とにかくおいしいから作りました！」という雰囲気のお菓子が多くて好きです。あ、北海道つながりでその名もあまとうという会社の『マロンコロン』。これのウォナッツも好きなんですが、数あるお菓子の中でも、これだけはちょっとためらうんですよね。なんていうか、その、熱量が半端なくて。だってこのお菓子、バターたっぷりのサブレを三枚使って、間にチョコレートを二層入れ、さらに縁をぐるりとチョコレートでコーティングしてるという、念の入れよう。絶対おいしいんですよ。でも、年齢的にためらうんですよ。だから、お土産でちょこっとご相伴《しょうばん》するくらいがちょうどいいのかも。

あ、和の方は菓子舗榮太楼《えいたろう》の『さなづら』が定番で好きです。山葡萄の汁を固めただけのお菓子で、板状のゼリーみたいなものですが、これはすごくあっさりしていて、本当にいつ食べてもおいしいです。甘酸っぱくて、遠くに赤ワインのような渋みも残っていて、山の香気そのものという感じ。そのままでもおいしいですが、バターやクリームチーズと一緒に食べると、これはもうお茶じゃなくてお酒もいけてしまうという素晴らしさ。

以上が、甘い系乾きもの菓子の個人的ベストメンバーですが、いかがでしたでしょうか。全体を見ると、自分がかなりコンサバかつ素材系菓子が好みということがよくわかりました。

ちなみに「なぜこれが入っていない」「いやこっちのがうまいぞ」というご意見には、めっちゃ素直に従って味見する所存でございます。もぐもぐ。

ライク・ア・ローリングストーン

おやつが出てくる本はたくさんある。ただ、自分の一番古い記憶となるとこれだ。ロシア民話の『おだんごぱん』。小腹のへったおじいさんのために、おばあさんがなけなしの小麦粉箱をがりがりやって作ったおだんごぱん。けれど食べられるのが嫌で、ころころ転がって逃げ出すというシンプルなストーリー。

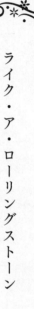

そもそもこれって、おだんごなの？　ぱんなの？　なんで顔があるの？　それはおいしいの？　子供的には、謎だらけの絵本だった。でも、なんだか妙に気になった。おだんごぱんは可愛くもないし、話のオチも民話だけに単純だし、気に入る要素はほとんどなかった。はずだった。

でもなんと、いいかげん大人になった今でも、覚えている。そしてパン屋で丸くてシンプルなパンを見ては「……おだんごぱん」と思い、中身の入っていない中華まんを見ては「おだんご、ぱん？」と思う。なんだろう、この刷り込みは。

たぶん奴の正体は、ロシアから東ヨーロッパにかけて食べられていたような、シンプルなパン。ミルクもバターも少なく、塩か砂糖を入れて、水で練って焼いたようなものだったはず。子供には魅力的でなかったそれも、大人になった今は地味においしそうだと思える。いや、歳取って味覚が枯れただけかな。

そういえば、自分が子供の頃はロシアとドイツ系ヨーロッパの絵本が多かった。ロシアは地理的影響、ドイツ系ヨーロッパはグリム童話の影響だったのだろうか。そしてそのどちらも、冬が長く寒い。だから絵本に登場する食べ物で印象的なのは、シチューやスープ、それに西洋風のお粥《かゆ》（カーシャ／オートミール）などだった。さらにそういう「鍋でぐつぐつ煮込んだもの」には、かなりの確率でシンプルなパンが添えられている。そう、おだんごぱん的なそれが。

余談だが、後年私はこの絵本の中のシチューやスープに憧れるあまり、木の椀とスプーンを買ったことがある。だってなんか、おいしそうじゃないですか。ぼってりとした木の匙《さじ》ですくう、具沢山のシチューとか。さらにその後、この椀は「ハイジがヤギの乳を飲む場面」の再現用としても役に立ったことをつけ加えておきます。

シチューの添え物として考えると、おだんごぱんはおやつじゃなくて食事だ。でも小腹がへったときに食べれば、おやつ。これはなんとなく、日本におけるおにぎりの立ち位置と似ていないだろうか。そして感じる、『おむすびころりん』との親和性。もしかして、携帯型の炭水化物は、各国で転がっていたりするのだろうか。謎は今も、尽きない。

しかしおだんごぱん問題に関して、最も衝撃的だったのは、初めてアンパンマンを目にしたときだ。

「お、おだんごぱん‼」

お前、いつの間にテレビに出てたんだ。そう思わずには、いられませんでした。

本と銀座とわたし

東京生まれの東京育ち。なので、銀座はわたしにとってそう遠い場所ではなかった。お中元やお歳暮の時期になると銀座あけぼのや王子サーモンと書かれた箱を家の中で目にしたし、母は幼いわたしを連れてファミリアによそゆきの服を買いに行った。ただし、それはわたしが幼稚園を卒園するまでの話。

わたしが小学校に上がるタイミングで、我が家は都内で引っ越しをした。すると、今まで三十分圏内だった銀座が、一時間半かかる場所になってしまった。当然メインの繁華街は違う場所に変わり、わたしたちの足は銀座から遠のいた。幼かったわたしはそのことに特に疑問も覚えず、ただ「このあたりには喫茶店が少ないなあ」などとぼんやり思っていた。

引っ越し先は都内でも緑が多くのんびりとしたところで、繁華街からも遠かった。そこで過ごすうち、やがてわたしは銀座という地名を忘れた。育ち盛りの小学生にとって楽しいのは店より空き地であり、ケーキよりも駄菓子だったからだ。

しかし思春期を過ぎ高校生になったあたりで、わたしの人生に再び『銀座』という単語が顔を出す。それは、池波正太郎氏のエッセイによってである。

もとより、おいしいものが好きでおいしいものが出てくる話も好きだった。だから『鬼平犯科帳』にはまったとき、五鉄の軍鶏《しやも》なべが食べたくてしょうがなかったし、『剣客商売』では根深汁《ねぶかじる》や浅蜊《あさり》と葱《ねぎ》のぶっかけ飯に心惹かれた。そしてありがちな話だが、夕飯の味噌汁をごはんにかけては母に嫌な顔をされていた。さらに、ごはんをあえて冷や飯で出してくれといったときは、なにかを軽く心配されたような気もする。

そしてそんなわたしが氏のエッセイにたどり着くまで、そう時間はかからなかった。いちばん読み返したのは、『食卓の情景』と『散歩のとき何か食べたくなって』。とにかくどれもおいしそうで、食べてみたくてたまらなくなった。そこでわたしは、ふと気づく。

「これ、時代小説じゃないんだった！」

エウレカ。お店が現存していて、ちょっと足を延ばせば食べに行くことができる距離にある。それがわかったときは、ほんとうに興奮した。唯一の難点はお金だったが、そこは貯金でなんとかなるだろうと財布をポケットに突っ込み、わたしはいざ銀座へと赴《おもむ》いた。が、資生堂パーラーの前でいちばん大事なことに気づく。

（ここ、高校生が一人で入れる店じゃない……！）

おしゃれな街のおしゃれなパーラーは、値段よりも雰囲気の敷居が高かった。

（いやいや、池波少年は一人でここに来たわけだし）

そう自分にいい聞かせても、勇気が出ない。

（……お金は、あるんだから）

実際、パフェを食べられるくらいのお金は持っていた。けれどやっぱり、足が先に進まなかった。そしてわたしは回れ右をし、銀座木村家のあんぱんを買ってしおしおと家に帰った。

おとなになった今ならわかる。わたしがあそこに入れなかったのは、自分で手に入れたお金を持っていなかったからだ。

十三歳にして働き始めた池波少年は、自ら稼いだお金を持っていた。その矜持《きょうじ》があったからこそ堂々とあの敷居を跨ぎ、絨毯《じゅうたん》の上を歩くことができたのだろう。

やがて大学生になった私は、アルバイトを始めてようやく池波少年と対等になった。

そしてリベンジとばかりに訪れた資生堂パーラーでミートクロケットを注文し、しみじみと味わった。「高いなあ」と思いながら。「でも、ほんとうにうまいなあ」と思いながら。

その後、折をみては氏の足跡を追った。煉瓦亭やたいめいけんは仕事帰りの父と待ち合わせてちゃっかり食べさせてもらい、浅草の駒形どぜうやアンヂェラスは同じように本の好きな友人を誘って。そして気づけばいつしか、氏のエッセイだけでなく、本の中に出てきた店へ行くこと自体が楽しくなっていた。いわゆる聖地めぐりというやつである。

年齢が進み手にするお金が増えると、聖地めぐりにも拍車がかかる。移動できる距離が広がり、大学四年生のときには邱永漢《きゅうえいかん》氏の筆に誘われて香港へ。初めて食べたローストダックの味は、脳の深いところに刻まれた。

さらに林望氏のイギリスに、森村桂氏の南太平洋。石井好子氏のフランスは、失敗したオムレツの記憶とともにある。行けずじまいなのは、開高健氏の『オーパ！』シリーズに描かれていたアマゾン河流域で、絶対に口にできないのは畑正憲氏の野生のグルメ。これらは、いまだにうっとりと夢に見ている。

ライオンのビヤホールで乾杯をしたのは、就職して最初の年だっただろうか。その

後ピエール マルコリーニのパフェを食べに並び、濃さに打ちのめされているうちに作家になった。三笠会館や銀座ハゲ天で打ち合わせと書くといかにも「作家でござい」という感じだが、これは年に一回レベルの話である。

そういえば数年前、本格ミステリ作家クラブの賞イベントで、教文館のバックヤードでサインを書かせていただいたことがある。わたしは顔写真やプロフィールなどを公開していない覆面作家なのだけれど、そのときの受賞者の方が同じように覆面作家だったのだ。

「覆面作家さんだから壇上が寂しいのはわかってます。だったら賑やかしに、もう一人覆面作家を増やしちゃえってことで」

そんな適当な理由でよばれて、教文館の裏口から中に入った。

古いビルだというのは知っていた。けれど、そのしんとした石造りの空間に入ったとき、ふいに時が巻き戻されたような気分になった。

わたしはこの質感を知っている。この、ひんやりとした空気を知っている。

それは銀座三越の階段であり、松屋銀座のエレベーター脇である。母とつないだ手であり、亡き父の記憶である。上野の美術館の展示室であり、帝国ホテルの廊下である。マカオの古いカジノであり、大英博物館である。

ぎゅるりと巻き戻された時間の中で、わたしはゆっくりと深呼吸をする。わたしがわたしであることを、思い出させてくれてありがとう。

銀座は今も、わたしの中にある。

食エッセイと池波正太郎とわたし

ところで作家というお仕事は、おやつと相性がいいような気がします。なにしろ基本的に在宅であり、環境的にお茶を手にしやすい。そして「頭脳労働」という大義名分を掲げれば、脳への栄養補給という意味で糖分の摂取はむしろ望ましいとも言えます。そういう流れもあってか、『作家の愛したおやつ』的な本はたびたび出版されます。で、もちろん私はそれを素通りできずに買ってしまう。

家に持ち帰り、お茶とお菓子（絶対に食べたくなるから）を用意して、ページをぱらり。

そこにかなりの頻度で現れるのが、池波正太郎先生です。

「うんうん、鉄板だよね」

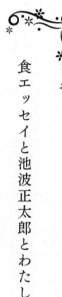

万惣のホットケーキやアンヂェラスの梅ダッチコーヒー。ああ、イノダコーヒのビーフカツサンドなんてものもありましたっけ。『鬼平犯科帳』や『剣客商売』などの時代小説で知られる池波正太郎先生は、おいしいエッセイの書き手としても有名です。そして世においしい話を書かれている作家は数多けれど、私にとって彼は別格です。というのも『本と銀座とわたし』で書いたように、私の「聖地巡り」のきっかけとなったのが池波先生の『散歩のとき何か食べたくなって』や『食卓の情景』だったから。そしていまだに思い出すのは、村上開新堂の『好事福盧《こうずぶくろ》』を食べてみたくて、京都に行ったこと。

この本のエッセイで何回か書いていますが、私は心から不調法者の東夷《あずまえびす》なので、京都のお寺や歴史的建造物には「すごいなー」くらいの興味しかありません。なのでそれまで、旅行先に京都という選択肢自体がありませんでした。けれど池波先生のエッセイを読んでしまってからは、魅力的な街に早変わり。聖地巡礼が引きこもりがちなおたくを外に連れ出してくれるのと同じ効果が、そのエッセイにはあったわけです。

ちなみに『好事福盧』というのは、みかんをくり抜いてそこに果汁のゼリーを詰めたシンプルなお菓子です。そして期間限定の生ものゆえ、日持ちがしない&大量生産はしていません。つまり、基本的に予約が必要。けれど当時学生だった私に「予約」

という概念はなく、ぶっつけ本番でいきなりお店に行ってしまったのです。当然そこにみかんの姿はありません。ショーケースを穴の開くほど眺め、がくりと肩を落とす私。そのとき、お店の方が「もしかしたら『好事福盧』を？」とたずねてくれました。そしてさらに「池波先生がお好きなんでしょうか？」とも。

どちらの質問にも激しく首を縦に振る私。それを見て、店員さんは優しく「お二つだけなら、ご用意できますよ」と囁いてくれました。予約のキャンセルがあったのか端数が残っていたのか詳細は不明ですが、とにかくその日、私は『好事福盧』を手に入れることができたのです。その後？　池波エッセイのファンならおわかりいただけると思いますが、窓辺で冷やしていただきました。あ、泊まったところは当然エッセイと同じように和風の旅館です。高級旅館ではありませんでしたが、設定は揃えたということでよしとしました。さらに文中で池波先生がやっていたように、夕食でわざと食べ残したとんかつをソースに漬けて窓辺に置いておくことも忘れませんでした。ええ、もちろんそれも昼間に買っておきました。だって宿での夕食にとんかつが出る保証はなかったので。冷蔵庫に入れないと腐りそう？　いやいや、そこはエッセイにならってちゃんと真冬の旅行にしましたから大丈夫です。自然の寒さを利用するところに、このおいしさのポイントはあると思うので。

……えーと、ひきましたか。ひきますよね？　でもまあ、後悔はしていません。だって『好事福盧』は冷たいけど固くなりすぎずにひんやりぷるりとおいしかったし、翌朝の冷えたソース漬けとんかつは温かいごはんの上でそこまでおいしくなかったからです。ちなみにこの「おいしくなさの検証」も、私の聖地巡礼のポイントだったりします。

舌の感じ方は自由で、個人差があります。だから当時はおいしかった、あるいはその人にとってはおいしかったというものがあって当然です。そしてそれを実体験によって裏打ちしていくのが、楽しかった。さらに変態的なことを言うなら、もしそれが私にとっておいしくなくても、文中の「おいしそう」は私の中で目減りしません。むしろ自分には手に入れることのできなかった美味として、燦然と輝き続けるのです。

そうそう、イノダの甘いコーヒーとビーフカツサンドを嗜むことも忘れませんでしたよ。お財布はすっからかんになりましたが、楽しい旅行でした。

そんな私のグルメスターである池波先生は、亡くなる直前まで『銀座百点』という雑誌で連載をされていました。その連載は『池波正太郎の銀座日記』という本にまとめられているのですが、それがまあ楽しいやら切ないやらおいしそうやら。これをリアルタイムで読んでいた人がうらやましい。そんなことを思っていた私に、その『銀座百点』編集部から原稿のご依頼が。もちろん、一も二もなく引き受けました。だって自分の人生で、池波先生と同じ雑誌に連載が持てるなんて思ってもみなかったわけで。

しかし三つ子の魂はなんとやらで、まさか高校生の頃にハマった食エッセイへの興味が、こんな風にまとまるとは。池波先生以外では森村桂さんのエッセイに出てくる鶏の赤ワイン煮込みや、邱永漢さんのローストダック、さらにその娘である邱世嬪《きゅうさいぴん》さんのもやし炒めが忘れられません。團伊玖磨《だんいくま》さんの『舌の上の散歩道』も良かったし、畑正憲さんの『ムツゴロウの雑食日記』は色々な意味で大好きです。まずさも描いた傑作ならピョートル・ワイリさんとアレクサンドル・ゲニスさんの『亡命ロシア料理』に辺見庸さんの『もの食う人びと』。開高健さんはうまいもまずいも天才的に書き分けて、もはやレジェンド級。池田満寿夫さんや伊丹十三さんは洒落ておいしそうだし、ああもうどんなに書いても枚数がたりません。食エッセイの先達に感謝しつつ、その末席に加わることができた喜びを味わいたいと思います。

余談ですが今味わっているのは、五勝手屋本舗の『雪だるま最中』のこし餡。最中の皮が香ばしく、あんこはとろんとろん。おいしい上に可愛くて、やっぱり作家におやつは必須ですね。あ、作家じゃなくて「私」にか。

あとがき

おやつは、いいですね。

エッセイの中でも触れましたが、おやつには制約がありません。甘くてもしょっぱくてもいいし、栄養があってもなくてもいい。昔の時間で「八つ時」に食べるから「お八つ」なわけですが、現代では「お十時」でも「三時」でもいい。食べるもの自体を「おやつ」と捉えれば、もはや何時に食べてもそれは「おやつ」です。それは洋風でも和風でも、どこの国のものでもいいし、そもそも国境なんて意味がない。誰かと食べても一人で食べてもいいし、外でも、歩きながらでも、なんなら（個人の裁量ですが）仕事中でもいい。

仕事中のおやつといえば、アメリカ映画の中の警察官がぱくつくドーナツ。でかいカップのコーヒーと一緒に立ったまま食べてたりしてて。あれ、おいしそうだったなあ。

で、何が言いたいかというとですね。自由なんです。おやつは食べなければ「ならない」ものじゃないから。きまりがなくて、風通しがいい。着色料と香料と砂糖だけのかき氷もそれはそれだし、手作りシロップの美味追求かき氷だってそれはそれ。悲しい日にもそもそ食べるカステラは「そういう」おいしさで、嬉しい日にぱくぱく食べるカステラは「そういう」おいしさに満ちている。極端な話、まずくたっていい。それが私にとってのおやつ。おやつは、自由の味です。

でも、「銀座百点」での連載を始めてからはそこにもう一つの感情が乗るようになりました。それは、作り手の方への敬意です。「丁寧に作られたものは、大切に食べるべき」などと偉そうなことを言うつもりは毛頭ありません。ただ口に放り込むとき、「ぞんざいに食べてすみません！」と思うだけです。そして「おいしいです、ありがとう！」とも。

そんなぞんざいで食いしん坊な連載につきあっていただいた方々に感謝の気持ちを捧げます。連載を依頼して下さった「銀座百点」の田辺夕子編集長、憧れの誌面に載ることができてとても嬉しかったです。初代担当の菊地翔子さんと二代目の中山佳子さん。お菓子を届けていただいたり、お店につきあって下さってありがとうございました。書籍化の際の担当の斉藤有紀子さんと、装幀の石川絢士さんは長いおつきあいです。今度おやつをご一緒しましょう。さらに私の家族と友人、一番近いK。この本の営業や販売など、関わって下さったすべての方。そして最後に、このページを読んで下さっているあなたへ。
あなたのおやつが、いつも自由で楽しくありますように。

五勝手屋本舗の『雪だるま最中』を食べつつ

坂木司

手土産のかわりに

こんにちは。皆さんは今、どんなおやつを食べていらっしゃいますか。私は金沢の米蜜ビスケットをもぐもぐしながらこの文章を書いています。いやあ、このビスケット、シンプルでおいしいですね。瞬間的に口内の水分をがっと奪うんですけど、不思議なことにそれがすぐしゅわっと戻ってくる。口どけに時間差があるのがいい。噛んだとき、奥歯のあたりに熱を感じるのもいい。前はあんまり見かけなかったのに、最近は袋入りの小さなバージョンが出て、スーパーで手軽に買えるところもいい。でも、食べ過ぎてしまうのでそこだけは要注意です。

閑話休題。この本は、銀座の商店会である『銀座百店会』が発行している『銀座百点』というタウン誌に掲載された、『おやつが好き』という連載がメインになっています。前半は第一期で、こちらはすでに同タイトルで書籍化しているのですが、今回は第二期の『続・おやつが好き』とおやつまわりの文章も合わせてエッセイのみをまとめた一冊となっています。ちなみに書籍化の際に入っていた小説群は、別の機会におやつの小説を集めた一冊として刊行される予定なので、また別の形で手にとっていただければ嬉しいです。

内容に関しては『銀座百点』なので必然的に銀座のお店が多いのですが、私が勝手に違う場所にあるお店や商品を連想してつけ加えてしまっている回もあります。なので必ずしも「銀座でなければ手に入らない」ものだけではないので、気楽にお楽しみいただければと思います。

ところでその『銀座百点』ですが、池波正太郎先生の回でも書いたように私にとっては昔から憧れの雑誌でした。だってかつての連載陣がもう、文学の歴史状態なんですよ。子母澤寛《しもざわかん》に向田邦子、澤地久枝に瀬戸内晴美（のちの瀬戸内寂聴）ってもう！だから連載のオファーをいただいたときには、本当に光栄でした。なんていうかこう、「こんなあっしでいいんですかい!?」と心の丁稚《でっち》が出てきてしまったくらいの勢いです。でもそんな不調法者の私に、編集部の皆さんは優しかったです。丁稚、おやつを差し出されてあっという間に永遠の奉公を決めてしまいました。

あ、池波おたくの追記としては、自宅でどんどん焼を再現とか（まあまあおいしかったです）、葱の味噌汁を「ねぶかじる」と呼びだすとか（だから！）、他にも色々ありましたが、兎を模したお饅頭を見つけると「――ふっ。兎忠のやつめ（苦笑）」とつぶやきたくなるというのが、自分的にモスト気持ち悪いポイントでした。あ、これは『鬼平犯科帳』のテレビ版で長谷川平蔵役を演じておられた中村吉右衛門さんへのオマージュです。いえあの、本物はものすごく格好良いので、ぜひ観ていただきたい……！

そして連載がはじまってからは色々なお店に伺ったり食べたり、自分一人ではできなかったような体験をたくさんさせていただきました。特に楽しかったのは、カステラの回です。本文には書くスペースがなかったので割愛しましたが、実はあのとき、文明堂さんのカステラ以外にも台湾カステラをプレーンとクリーム入りの二種類用意して、食べ比べ会をしたのです。テーブルにずらりと並んだ四本のカステラ。あれは壮観でした。仲の良い仕事仲間の方たちと一緒に楽しんだのですが、全員が「おいしい」「こっちもおいしい」ともふもふ食べまくっていたのが印象的です。車両基地みたいにどかんと並んだ大きなカステラの中、小さな『おやつカステラ』がちんまり座っていたのも可愛かったなあ。

食べ比べといえば、銀座三越でのイベントが思い出されます。本文でちょこっと宣伝していましたが、これは拙作『和菓子のアン』シリーズに出てくるお菓子を和菓子職人さんたちが再現してくださるという（私にとっては）夢のようなイベントでした。『本和菓衆』という老舗和菓子店の若手店主たちで構成されるグループが、作中に出てくるお菓子を作ってくださったのですが、同じ菓名でもまったく違った印象のものがあったりして面白かった。お菓子を「解釈する」という作業は、とても創造的ですね。洋の東西を問わず、情報の少ない昔のお菓子を作る職人さんたちは、きっと皆さんこういった作業をしているのではないかと思ったり。たとえばヨーロッパ中世のお菓子を再現しようとして、当時牛乳をしぼっていた牛の品種まで考えたりするのとか、面白そうだなあ。「これはまだ交配していない！」とか「チーズはこの時代の気温と湿度に合わせて作る」とか。夢が広がります。

そういえば以前、『カレーライスを一から作る』という本を読んだことがあります。これは武蔵野美術大学のゼミで行われた活動の記録の書籍化なのですが、「カレーライスを食べるために必要なものを、自分たちで作る」という楽しい一冊。ゼミの終わりというエンドから逆算して、材料はもとより、お皿や調味料まで自分たちで作らなければいけない。米や根菜に時間がかかることはわかっていても、スパイスのための植物を育てて、乾燥させて、という時間まで考えなければいけないのが面白かった。

自分が何かを食べるとき、その食べ物がここに至るまでどのような工程を経ているか。そのことを考えるのは楽しくてときにつらいことです。そのために殺された命や、不当な賃金での労働や環境問題。「そんなの気にしていたらなにも食べられないよ」

と思う心と、「いや考えるべきだぞ、考えつづけることが大切だぞ」と思う心。そのあわいで、いつも揺れています。

あ、最近の食べ物関連の本といえば、千早茜さんの『わるい食べもの』『しつこくわるい食べ物』がものすごく好きでした。千早さんと同じで、私も楽しい会食の後、よくお腹を壊します。緊張と緩和のコンボにやられます。集団生活が苦手です。悪党のごはんに憧れました。いつかお話ししてみたいです。でもお互いど緊張の会食でお腹を壊しそうだから、リモートとかがいいのかもしれません。時節柄。

あと書き残したことといえば、「それはおやつの範疇を超えているのでは」という理由で書けなかった王子サーモンの銀座店！ ここには、なんと鮭の種類を選べるおにぎりがあるんですよ！ 紅鮭と時鮭。うまい米と海苔。いやもう絶対おいしいでしょ。あと、電子レンジ調理ですぐ食べることのできるスモークサーモン・クリームコロッケ。手頃な価格にひかれて購入したのですが、これもとてもおいしかった……。最近では鮭弁当もあるらしいし、またぜひ行きたいです（ちなみにその後、私が強引に「おにぎりもおやつ」理論を繰り出したため、連載におにぎりや軽食が登場するようになりました）。

行きたいといえば、物産館で出会った県に行きたいです。というか、旅がしたい。

知らないおやつを、もっと食べたい。お腹弱めの引きこもりがちな私ですが、世の中が少し穏やかになったら、ゆっくりと色々なところに出かけたいなと思っています。その際はぜひ、あなたの街のおすすめを教えてくださいね。楽しみにしています。

最後に、左記の方々に感謝を捧げます。

文庫化に際し、またもや素敵な装丁に仕上げてくださった石川絢士さん。カステラもご一緒した編集の斉藤有紀子さん。銀座百点の田辺夕子さんには、おいしいものをたくさん教えていただきました。『続』で勝手に『パイプのけむり』オマージュを捧げてしまった團伊玖磨さん。私の食エッセイへの興味は『エスカルゴの歌』から始まりました。おいしいおやつを作ったり売ったりしてくれている方々。さらに営業や販売などでこの本に関わってくださった全ての方々。私の家族と友人。K。そして今、このページを読んでくださっている、おやつの大好きなあなたへ。

あなたのおやつ時間が、いつも充実したものでありますように。

私は、おやつが好きです。

坂木司

初出

おやつが好き　資生堂パーラー〝ストロベリーパフェ〟～プレデセール

「銀座百点」749号～769号（2017年4月～2018年12月）銀座百店会

勝手に和菓子普及委員会　「いとをかし」vol.18　2013年9月　両口屋是清

甘美なここち～勝手に和菓子普及委員会・上生菓子編～

「あまから手帖」2017年5月号　クリエテ関西

甘い系乾きもの菓子頂上決戦　「ダ・ヴィンチ」2017年3月号　KADOKAWA

ライク・ア・ローリングストーン「小説 野性時代」2015年5月号　KADOKAWA

本と銀座とわたし　銀座百点編『おしゃべりな銀座』2017年6月　扶桑社

食エッセイと池波正太郎とわたし　書き下ろし

単行本　2019年4月　文藝春秋刊

文庫化にあたり以下を追加し、構成を一部変更しました

続おやつが好き　茂助だんご～ローズベーカリー

「銀座百点」774号～786号（2019年5月～2020年5月）銀座百店会

文春文庫

おやつが好《す》き

お土産《みやげ》つき

定価はカバーに表示してあります

2022年1月10日　第1刷
2022年1月25日　第2刷

著　者　坂《さか》木《き》司《つかさ》

発行者　花田朋子
発行所　株式会社　文藝春秋

東京都千代田区紀尾井町3-23　〒102-8008
TEL 03・3265・1211㈹
文藝春秋ホームページ　http://www.bunshun.co.jp

落丁、乱丁本は、お手数ですが小社製作部宛お送り下さい。送料小社負担でお取替致します。

印刷・図書印刷　製本・加藤製本

Printed in Japan
ISBN978-4-16-791817-0

（　）内は解説者。品切の節はご容赦下さい。

笹本稜平
還るべき場所
世界2位の高峰K2で恋人を亡くした山岳家は、この山にツアーガイドとして還ってきた。立ちはだかる雪山の脅威と登山家たちのエゴ。故・児玉清絶賛の傑作山岳小説。（宇田川拓也）
さ-41-3

笹本稜平
春を背負って
先端技術者としての仕事に挫折した長嶺亨は、山小屋を営む父の訃報に接し、脱サラをして後を継ぐことを決意する。山を訪れる人々が抱える人生の傷と再生を描く感動の山岳短編小説集。

さ-41-4

笹本稜平
その峰の彼方
厳冬のマッキンリーを単独登攀中に消息を絶った孤高の登山家・津田悟。親友の吉沢ら捜索隊が壮絶な探索行の末に見た奇跡とは？　山岳小説の最高峰がここに！（宇田川拓也）
さ-41-5

笹本稜平
大岩壁
ヒマラヤで〝魔の山〟と畏怖されるナンガ・パルバット。立原は冬季登頂に失敗、友の倉本を失う。5年後、兄の雪辱に燃える倉本の弟と再び世界最大の壁に挑むが……。（市毛良枝）
さ-41-6

坂木　司
ワーキング・ホリデー
突然現れた小学生の息子と夏休みの間、同居することになった元ヤンでホストの大和。宅配便配達員に転身するも、謎とトラブルの連続で!?　ぎこちない父子の交流を爽やかに描く。

さ-49-1

坂木　司
ウィンター・ホリデー
冬休みに再び期間限定の大和と進の親子生活が始まるが、クリスマス、正月、バレンタインとイベント続きのこの季節はトラブルも続出……。大人気「ホリデー」シリーズ第二弾。（吉田伸子）
さ-49-2

坂木　司
ホリデー・イン
おかまのジャスミンが拾った謎の男の正体。完璧すぎるホスト・雪夜がムカつく相手――大和と進親子を取り巻く仕事仲間たちの〝事情〟を紡ぐ、六つのサイドストーリー。（藤田香織）
さ-49-3

平松洋子　画・下田昌克
すき焼きを浅草で
夏の一日、浅草の老舗店に誘われすき焼きの至福を味わう。高知の日曜市で可愛い田舎寿司、伝説のカクテル「雪国」は山形で。美味しい大人気エッセイ第7弾。（姫野カオルコ）
ひ-20-11

穂村　弘
君がいない夜のごはん
料理ができず味音痴……という穂村さんが日常の中に見出した「かっこいいおにぎり」や「逆ソムリエ」。独特の感性で綴る「食べ物」に関する58編は噴き出し注意！（本上まなみ）
ほ-13-4

村松友視
銀座の喫茶店ものがたり
日本の喫茶店文化には独特のものがある。銀座の喫茶店には更に違う何かがある。45の喫茶店を巡り、ふところ深い町の歴史とものがたりを浮かび上がらせる上質なエッセイ集。（名取裕子）
む-3-4

森下典子
いとしいたべもの
できたてオムライスにケチャップをかけて一口食べた瞬間、懐かしい記憶が甦る——たべものの味には、思い出という薬味がついている。絵と共に綴られた23品の美味しいエッセイ集。
も-27-1

森下典子
こいしいたべもの
母手作りの甘いホットケーキなど、味の記憶をたどると胸いっぱいになった事はありませんか？　心が温まる22品の美味しいカラーイラストエッセイ集。『いとしいたべもの』続編！
も-27-2

米原万里
旅行者の朝食
ロシアのヘンテコな缶詰から幻のトルコ蜜飴まで、古今東西の美味珍味について薀蓄を傾ける、著者初めてのグルメ・エッセイ集。人は「食べるためにこそ生きる」べし！（東海林さだお）
よ-21-2

文藝春秋　編
もの食う話
物を食べることには大いなる神秘と驚異が潜んでいる。荷風、百閒、澁澤龍彥、吉行淳之介、筒井康隆ほか、食にまつわる不安と喜び、恐怖と快楽を表現した傑作の数々を収録。（堀切直人）
編-5-10